L'homme
que je ne devais pas aimer

Du même auteur

Sous le soleil de mes cheveux blonds, Stock, 2019.

Agathe Ruga

L'homme que je ne devais pas aimer

roman

Flammarion

ISBN : 978-2-0802-7889-0

Il fallait bien qu'un visage
Réponde à tous les noms du monde

Paul Éluard

1

Ce sont toujours les mêmes personnes, les mêmes musiques. Le bois collant du comptoir, les verres qui s'entrechoquent. Je repère les habitués, les saisonniers et la pénombre au fond de la salle, où personne ne va, sauf moi, très tard, quand je ne tiens plus. Je ne le vois pas encore mais je perçois le bruit de ses bottines, il martèle le sol, mon cœur et ma vie et je ne m'y fais pas, ma gêne décuple mon excitation, je croise et décroise mes jambes pour me donner une contenance. Je m'étais juré de ne plus venir. Mes amies s'égaient lorsqu'il s'approche enfin, l'une s'écrie qu'elle a soif, une autre propose une planche mixte, je les laisse délibérer. Je n'ai pas encore réussi à émettre le moindre son. Son corps me surplombe et je ne m'accroche à rien, une absence derrière la rétine, un léger plissement ou une fine lueur de désir que j'invente peut-être. Cette scène se répète à l'infini, je ne suis qu'une femme perdue dans un bar qui n'existe plus.

Il y a un an, je suis tombée amoureuse comme on tombe malade. Il m'a regardée, c'est tout. Dans ses yeux, dans leur promesse et ma renaissance, j'étais soudain atteinte d'un mal incurable ne laissant présager rien de beau ni de fécond. Son regard était la goupille d'une grenade, un compte à rebours vers la mort programmée de ma famille.

Au début, la maladie était invisible. Mon attitude n'a pas changé du jour au lendemain, je n'ai pas perdu tout de suite mes cheveux ni ma joie de vivre. Je m'occupais des lessives, des repas et de l'agenda, je m'intéressais aux vacances et laissais encore mon mari me toucher. Un seul symptôme m'a frappée immédiatement : je n'étais plus capable de lire. Impossible de demeurer immobile, mon euphorie secrète rendait tous les textes fades et inutiles. Le reste, la perte de l'appétit et du sommeil, combinés à une excitation démesurée, m'a paru au contraire exaltant et bénéfique. J'étais sous l'effet d'un médicament puissant, entre l'amphétamine et l'opioïde, de ceux qu'on administre aux condamnés. Blottie dans cette fête intérieure qui n'intéressait que moi, je me jugeais heureuse.

Il revient avec un plateau dans chaque main. Il chante à tue-tête. Son aplomb me déstabilise. Je ne sais jamais où est la part de vrai, où est le théâtre. Il parle fort, il boit trop, il s'énerve vite. Et moi je le regarde comme une gamine devant un feu d'artifice.

Une fois mon verre en main, je l'observe à travers. Je me trouve discrète, feignant de boire pour mieux le détailler : je n'aurais qu'à noyer mon regard dans le vin s'il venait à le croiser. Il a une barbe et des tatouages sur l'avant-bras, je n'ai jamais aimé les barbus, ni les tatoués. Il attrape deux verres brûlants pour les glisser dans la rampe métallique au-dessus de sa tête puis il sort une bouteille du frigo derrière lui. Ses ongles sont rongés et son annulaire est gonflé sous une chevalière dorée et bleue, on dirait la bague du Hardi dans *Les Visiteurs* ; personne n'oserait porter un truc pareil. *Une bague qui grésille et qui siffle*, je pense au film. *La bague ne peut pas être ici et là-bas... Ici, et là-bas.* L'écho du film se superpose à ses doigts que je n'ai pas quittés des yeux. Il rebouche la bouteille, en sort une autre. Il s'affaire pour mieux surveiller son établissement, il dose l'ambiance.

Il marque une courte pause puis lève soudain les yeux vers moi. Surprise, je détourne le regard. Il reprend alors ses gestes automatiques, affichant un nouveau sourire que je m'attribue. Puis il continue sa valse, déplace les verres, les vides et les pleins, puis d'autres, abandonnés, remplis de liquides divers. Tous ces verres virevoltent et tintent, ce sont des ballons remplis d'un air qui m'est offert. Quand j'irai fumer une cigarette dehors, il viendra me l'allumer et repartira sans un mot.

Voilà comment j'ai laissé la maladie me gagner. Aujourd'hui, je n'arrive plus à embrasser mon mari ni à jouer avec mes enfants. Cet homme me dévore sans jamais me voir, il a tous les pouvoirs. Je m'humilie chaque jour un peu plus, je le guette, lui écris, lui mendie un rendez-vous. Je suis sous son joug. Exténuée de ne plus dormir, j'attends le coup fatal et la délivrance de ce désir inassouvi. Plus rien d'autre ne compte. Je pensais aimer les livres, le soleil et l'alcool, je pensais aimer la fête, les restaurants et les soirées d'été, je pensais aimer le bruit, les musées et les nuits de sexe infini, mais je n'aime plus rien, je ne trouve l'apaisement que dans le martèlement de ses chaussures quand il marche vers moi.

Les verres sont vides et notre départ prochain annonce ma tristesse. Il prend ma carte et me fait payer un montant nul. Une fossette de malice se dessine sur sa joue, mes amies n'y ont vu que du feu. Je le remercie d'un mouvement de cils, j'ajuste ma veste et je fais comme les autres, je déglutis cette dernière liqueur qu'il nous offre en réprimant une grimace, je pose le shot vide sur le comptoir en perçant ses rétines, puis je quitte le bar en luttant pour ne pas me retourner. Je vais attendre la fermeture au coin de la rue ; il ne me rejoindra pas.

Je n'aurais jamais pensé tomber amoureuse d'un barman. Un barman, oh le cliché de midinette ! J'aurais pu tomber amoureuse d'un philosophe, d'un éditeur, d'un politicien. J'aurais pu ne pas tomber amoureuse du tout, poursuivre le reste de ma vie comme elle avait commencé. Non, il a fallu que je glisse dans un puits immense, aux échos grisants et douloureux.

Il a suffi d'une promenade en famille, l'été dernier. Il n'a rien fait d'autre que me regarder, c'est son seul crime. Ses yeux ont glissé sur moi, de bas en haut, sur le nourrisson que j'avais dans les bras, nourrisson évoquant la ligne brune de mon ventre mou et mon bassin élargi, sur la petite fille à qui je tenais la main, sur la grande que je hélais par son prénom pour qu'elle nous attende, puis sur mon mari. Il m'a dit bonjour en plaçant sa tête en italique. J'ai souri, pleine de cette aura que me conférait ma récente maternité. Nous nous sommes installés tous les cinq en terrasse, il est venu prendre la commande, nous a félicités pour le bébé, et au moment où mon mari dépliait la poussette un peu plus loin, il a déclaré : « Vous êtes le plus beau couple de la ville ! » ; puis il a ajouté en souriant : « Je dis ça pour ne pas dire que vous êtes la plus belle. » Je l'ai remercié comme j'ai pu, entre politesse, gêne et gravité.

Depuis ce jour, j'ai cessé d'avoir, d'être et de lire, je n'ai pas eu froid, je n'ai pas ressenti la faim, j'ai cessé de m'occuper de ma famille, je n'ai plus rien fait d'autre que penser à lui. Et si je l'ai fait, c'était malgré moi.

Au moment d'entreprendre ce récit, je ne suis plus certaine de rien. Je sais seulement que cette rencontre a ouvert un rideau sur le spectacle le mieux gardé de mon existence, le ballet foisonnant et mystérieux des hommes de ma vie, la ronde de ceux qui m'ont bâtie. Lui ressemble à tous mes pères, les vrais et ceux de substitution. Ces hommes se tiennent la main sans se connaître, ils sont entrés dans mon univers et m'ont fait rire, ils m'ont vue grandir puis sont partis sans me dire au revoir et je ne leur en veux pas. Ni eux ni moi n'avions alors conscience du caractère définitif du départ.

Il est l'homme de mon enfance et celui de mes origines, de mes voyages, de mes vins préférés, ceux des dimanches pluvieux, avachis devant le téléviseur, qui me tenaient la main en forêt pour m'éviter de glisser, ceux qui me déposaient en voiture quelque part sans s'inquiéter de mon sort ou m'emmenaient au restaurant pour faire passer le temps. Dans son parfum, qui met des heures à s'évaporer quand il ose m'embrasser, je les réunis tous.

2

Enceinte de moi, maman avait déjà un amant. Je ne me souviens plus de l'élément déclencheur de cette confidence. J'étais adolescente, on discutait des garçons et des hommes en préparant le repas ensemble. Le secret est sorti comme ça, entre le moment où elle râpait des carottes et celui où elle a mélangé l'huile de noisette au vinaigre de vin. Un secret ne tient à rien. Les mots sortent toujours malgré eux, impossible de les retenir. Je ne me souviens pas avoir réagi outre mesure, j'ai feint l'étonnement et l'admiration pour ne pas la froisser, sans doute ai-je tourné le dos pour arborer une moue condescendante. Elle me dévoilait son intimité quand la mienne n'avait pas encore commencé. Se doutait-elle que ce secret vénéneux, plus que tous les autres, se logerait au creux de mon ventre et qu'il fleurirait comme une glycine autour de mon cœur, de mes seins et de toute mon existence de séductrice ?

— Il m'a dit que j'étais la plus belle femme enceinte qu'il ait jamais rencontrée. Ton père ne me touchait plus, la grossesse le dégoûtait.

Un autre regard que celui de mon père rendait ma mère radieuse. Son bonheur perfusait mon sac amniotique. J'ai connu le goût de l'amour interdit avant celui du lait.

Il s'appelait Daniel. Avec mon frère nous l'appelions Dany. Il était *cool*, Dany. Toujours de bonne humeur, il portait des santiags – *so eighties* –, il avait des cheveux longs, blonds et bouclés, des yeux clairs. Un mélange de Renaud et de Boucle d'Or, une ancienne version de Julien Doré. Il chantait, ne s'énervait jamais. Petite, j'ai adoré cet homme. Il fait partie de mes premiers souvenirs. Il se serait coupé une main pour me faire rire, il me passait tous mes caprices et prenait un temps fou à placer du beurre dans mes radis sculptés en forme de roses. Il les tamponnait délicatement dans le sel avant de me les offrir, mes deux petites mains battaient de plaisir. Aujourd'hui, je ne mange pas un radis sans en faire une corolle. Il paraît qu'il m'a appris le nom des arbres et que je les récitais par cœur à trois ans. Il mimait le cheval aussi, et rien ne me plaisait autant que de grimper sur son dos dans l'immense escalier de la maison de maître de mes parents. Il était tout le temps chez nous. C'était un ami, c'est comme ça qu'on nous l'a vendu à mon frère et à moi. Je l'aimais aussi parce que maman était heureuse avec lui, parce qu'il était disponible, parce qu'elle riait davantage en sa présence. Il était coiffeur et G.O au Club Med. Une fois, maman a réussi le coup de maître de partir en vacances avec lui et papa. Ce dernier m'a souvent dit à propos de ce voyage : « Chaque jour, je regardais voler dans le ciel les avions du retour », façon détournée d'exprimer sa souffrance et d'éviter le scandale. Maman n'était ni fourbe ni cruelle, elle voulait les deux, elle en avait besoin pour maintenir sa joie de vivre, offrir de l'énergie à son mari et à nous ses enfants, pour qu'on l'entende chanter le matin en appliquant son rouge à lèvres, pour qu'elle nous inonde de bienveillance le soir au coucher, de sa main douce et parfumée. Il incombe à des milliards de femmes d'équilibrer leur joie pour l'offrir à leurs proches. Coupez le rire d'une femme dans une maison et c'est toute la maison qui pleure.

Elle a fini par divorcer sans vraiment l'avoir voulu, juste parce qu'elle ne cachait pas bien sa liaison avec Dany, parce qu'elle ne parvenait pas à mentir. Papa le lui a longtemps reproché, il aurait préféré ne rien savoir, il appréciait les petits arrangements. L'annonce a sonné la fin de leur liaison, Dany n'a jamais vécu avec nous. Maman l'a désaimé le jour où elle l'a possédé en toute liberté.

Rapidement, maman a quitté Dany ; alors j'ai adoré Fabrice. Puis Christian. Dominique. Laurent, Philippe. Tous ces hommes avec lesquels maman et moi avons vécu, je les ai accueillis avec joie. Tous ces hommes que maman a aimés, je les ai aimés. Tous ces hommes que maman a quittés, je ne les ai jamais revus.

3

Ce n'était pas la première fois que j'allais dans ce bar, j'habitais ici depuis cinq ans et nous nous sommes découverts ce jour-là. Il me dira lui-même qu'il n'avait aucun souvenir de moi avant. Étais-je vulnérable ou offerte ? Étais-je libre ? La chimie opère de façon étrange entre les êtres. Elle s'intègre aux agendas des rêveries mutuelles. En cette chaude soirée de la fin août, nous vibrions de la même façon. Nous nous sommes reconnus l'un en l'autre au bon ou au mauvais moment.

Je ne connaissais ni son nom ni son âge, et pour occuper mes nuits blanches je serrais au creux de mes paupières le souvenir flou d'un regard malicieux, chargé d'admiration.

J'avais ainsi offert mon âme au diable. Je me dédiais désormais à la contemplation spirituelle d'un inconnu. Je suis retournée au bar. Dès qu'une occasion se présentait, je me retrouvais à sa terrasse. Il n'arrêtait pas de me regarder. Avant toute chose, avant tout transfert ou toute histoire d'obsession, il était la preuve que ma féminité n'était pas morte. Que je n'étais pas morte. Que je n'étais pas mère.

Dans ses yeux, je n'avais pas sorti trois enfants de mon sexe, je n'avais pas de cernes, je n'avais pas de préoccupation dévorante. Ce qu'il voyait, c'était la jeune femme souriante éblouissant sa terrasse, son lieu de travail – lui-même. Ses amis lui chuchotaient des trucs à l'oreille, et il souriait, fier, comme s'il devinait que je lui appartenais déjà. Peut-être même leur disait-il : « Cette femme-là, un jour elle sera à moi. »

Était-il beau, était-il drôle ? Je ne me posais aucune question. Un boulon avait sauté, j'avais perdu tout sens logique, il était devenu du jour au lendemain la raison de mon quotidien. Comme le déni fait partie de la maladie, je ne pensais ni aux conséquences, ni aux dangers.

Je le trouvais agile, doué, charmant. Je ne voulais rien savoir de lui, je voulais qu'il me regarde encore, qu'il me sauve, qu'il me fasse oublier ma vie ou qu'il m'offre la perspective d'une nouvelle. Son regard a été la porte d'entrée de ma fuite. La vie que j'avais construite était trop lourde, trop encombrante. Je ne voulais plus de jardin, plus de factures, plus de devoirs à vérifier ni de repas à préparer. Je voulais redevenir étudiante, oublier de dormir et de me nourrir.

Je me suis refait une frange.

Sous prétexte de renouer avec mes amies mises de côté lors de ma récente maternité, je suis allée boire du vin tout le mois de septembre. Il me le servait avec beaucoup de courtoisie, sans jamais me poser de question supplémentaire.

— Voici mademoiselle, un Rully premier cru de chez M., on est plutôt sur une note calcaire, en arrière-bouche on sent légèrement le fruit, c'est un vin délicat, très féminin.

Je n'avais rien écouté et il paraissait satisfait. Il s'envolait vers d'autres tables servir le même discours. Je repartais sur ma faim ; il avait déjà tout compris.

Un soir où nous étions installés à sa terrasse avec mon mari – parce qu'il aimait ce bar autant que moi, c'était le plus charmant de la ville et il tenait absolument à ce que nous y prenions l'apéritif –, j'étais occupée à donner le biberon à mon bébé quand mon mari m'a annoncé solennellement, comme s'il m'offrait un cadeau :

— Il s'appelle Sandro, le barman.

J'ai sursauté.

— Ah oui ? Sandro ? Comment le sais-tu ?

— Son collègue l'a appelé tout à l'heure.

— Ah, d'accord.

— C'est un très bon serveur, a décrété mon mari. Il percute vite.

— Oui, très professionnel, me suis-je étranglée.

Sandro, Sandro, Sandro.

Qu'allais-je bien pouvoir faire de ce prénom extraordinaire ? J'ai pensé à sa mère, je ne la connaissais pas et pourtant je la remerciais. Une phrase me revenait en tête : « Quand vous choisissez le prénom d'un garçon, pensez à la femme qui aura à le murmurer plus tard. » Je m'isolais et j'essayais, je bredouillais de timidité. La racine grecque *andros* signifie homme, virilité, j'y voyais un signe. Après l'homme, j'étais désormais amoureuse du prénom et de sa symbolique. Le soir chez moi, j'essayais à nouveau de le prononcer, sans succès. Je n'y parviens toujours pas aujourd'hui sans prendre une grande inspiration, ces quelques lettres m'intimident beaucoup. Quand je prononce son prénom, j'ai l'impression de lui dire *Je t'aime.*

Le lendemain, je l'ai trouvé sur Instagram. C'était un compte impersonnel, seul le nom du bar à vin était mentionné, il y postait des bouteilles en noir et blanc. Je l'ai ajouté et il s'est abonné en retour.

Le surlendemain, je me suis pointée au bar avec une amie. Manque de chance, il avait posé quelques jours de congé et séjournait en Pologne. Son remplaçant était moins charmant. Pour digérer ma déception et rentabiliser ma venue, j'ai posté une story d'un verre rempli de bulles, avec le comptoir de son bar en arrière-plan. Puis j'ai posé mon téléphone, l'écran contre la table, pour cesser de le consulter toutes les vingt secondes.

Quelques minutes plus tard, n'y tenant plus, je retournais mon téléphone et découvrais sa réaction, assez sobre : « Moscati d'Asti ! Merci pour votre visite et bonne soirée ! » J'ai souri, je n'ai pas répondu.

Alors il a eu cette idée étrange, il a ajouté : « Et passez le bonjour à Sandro de ma part ! »

Pour prolonger la conversation, ou tenter de semer le doute dans mon esprit, se faire passer pour quelqu'un d'autre derrière le compte du bar à vin, peut-être pour m'offrir son prénom si je ne le connaissais pas encore. Amusée, je lui ai répondu : « Ce n'est pas toi Sandro ? » J'ai aimé passer au *Tu* abruptement, comme pour casser le mur entre nous, lui dire « eh je sais que c'est toi, je sais qu'on se plaît ».

Et dans ses trois petits points qui apparaissaient puis disparaissaient, je devinais son excitation.

« Oups pardon je me suis trompé… »

Je l'ai trouvé joueur, un peu fou, et ça m'a plu.

Nous nous sommes écrit quelques messages en même temps que je rentrais, me démaquillais, me déshabillais. Tout le monde était couché chez moi et je souriais béatement devant le miroir de la salle de bains, un carré de coton noirci dans la main. Derrière son téléphone, en Pologne, peut-être souriait-il autant que moi. La conversation était faussement ingénue, on feignait l'amitié. Pauvre de moi, je maîtrisais encore la situation.

Le lendemain, on a changé de réseau social. Il m'a ajoutée sur Facebook. Son nom de famille confirmait son sang italien, sa date de naissance m'a anéantie.

Son anniversaire était dans dix jours, il était né le même jour que mon amie disparue, cela n'était pas de bon augure. Mon cerveau a ensuite marqué une pause en lisant l'année de naissance, je n'y ai pas cru. Il avait dix ans de moins que moi. Dix ans. Les photos de ma majorité coïncidaient avec celles de son enfance, où il était méconnaissable, blond et imberbe. Sur ses premières photos de profil, il avait l'âge de ma fille aînée. Il faisait bien plus que son âge à présent, aidé par sa voix grave, son expérience, ses abus. Grâce aux informations glanées sur Internet ou soutirées à mon entourage, je savais qu'il avait racheté le bar à ses vingt ans, qu'il flambait et s'abîmait beaucoup. Il ne dormait pas, chaque année passée à travailler représentait des centaines de nuits blanches.

Le soir de son anniversaire, j'ai trouvé une amie disponible et je me suis pointée comme un cadeau, des talons hauts et une minijupe en daim. Il faisait encore doux pour un mois de septembre. Toute sa famille était en terrasse, sa mère lui tendait des paquets, sa sœur s'occupait d'une petite fille d'un an qu'il soulevait parfois dans les airs et couvrait de baisers. À sa façon de la tenir dans ses bras, de la protéger, de la surveiller pour qu'elle ne tombe pas, j'ai été touchée. D'un coup, je voulais être cette petite fille. Je voulais qu'il me prenne dans ses bras moi aussi. Quant à son père, il était le stéréotype de l'Italien du Sud, la peau burinée, le regard lourd, les cheveux gominés en arrière, la démarche lente de Brando. Des seaux de magnum de champagne se vidaient, tous chantaient, l'acclamaient. Lui, il ouvrait ses cadeaux et buvait un verre entre deux commandes. J'ai profité de l'un de ses allers-retours pour le croiser.

— J'ai l'impression que c'est un jour spécial aujourd'hui. Alors, bon anniversaire…

— Merci Ariane, a-t-il aussitôt répondu en m'embrassant sur les deux joues, son bras autour de mes épaules.

Nous avons discuté quelques instants sur le perron du bar. Il m'a raconté son séjour et quelques bribes sur ses origines, moitié italiennes, moitié polonaises. Sa famille nous regardait.

Quand il s'est rassis, j'ai entendu son père demander : « C'est qui cette fille ? »

4

Un jour, mon mari m'a avertie : « Si tu me trompes, je te tue. Il n'y aura pas d'engueulade, pas de procès, pas de juge aux affaires familiales, je te tue, point barre. »

À l'époque, je souffrais tellement de l'aimer que j'aurais aimé vouloir le tromper, en avoir seulement l'idée, cela m'aurait soulagée. Je me souviens avoir levé les yeux au ciel, sa menace me paraissait incongrue. Je l'ai enregistrée, pour un futur sabotage ou une issue de secours.

Je suis tombée amoureuse de Sandro comme j'étais tombée amoureuse de mon mari à l'époque. Déjà en couple et mère d'un bébé, débordée par l'urgence de redevenir femme, jeune, voire pucelle. Je ne connaissais que trop bien les affres de l'adultère, la fatigue des séparations, les aveux, la douleur, la souffrance de l'entourage. Je n'avais rien oublié et je me repiquais une deuxième fois au fuseau du destin. Quelle sorcière m'avait jeté ce mauvais sort ? Ne pouvais-je donc pas continuer à aimer l'homme qui m'avait permis d'enfanter ? Fallait-il que je le quitte à chaque fois que je le rendais père, comme une vulgaire mante religieuse ? Ces considérations, je ne me les formulais pas encore. J'étais une junkie heureuse. Un regard de lui, c'était la dose suffisante pour tenir jusqu'au lendemain et éviter de me questionner.

Je vivais donc avec un deuxième mari, ma fille née de ma première union et deux autres enfants de la deuxième. Une gestion lourde d'allers-retours et de compromis. Des kilomètres à dérouler seule, des disputes à éviter. C'est la vie que je m'étais choisie.

Ma première fille a connu son premier beau-père très jeune. Depuis qu'elle est âgée de quatre ans, mon mari l'a nourrie, habillée, emmenée en vacances. Il lui a fait réciter ses poésies de Noël, a joué au Uno avec elle, l'a déposée à l'école. Elle l'a aimé comme une petite fille sait se faire aimer, sans doute pour y trouver la satisfaction et la paix dans mes yeux. Du haut de son mètre dix, elle s'est démenée pour le faire rire, deux fois plus que si elle était sa propre fille, parce qu'elle ne bénéficiait ni de son nom, ni de son phénotype. Elle n'avait pour se faire aimer que sa propre volonté d'enfant de quatre ans, alors quand ses offensives ne fonctionnaient pas, elle me regardait affolée : « Mais qu'est-ce qu'il a ton amoureux aujourd'hui ? »

Je ne pouvais pas le forcer à s'attacher, la seule chose que l'on pouvait faire, elle et moi, liées par un accord tacite, c'était de la changer en la petite fille la plus agréable et adaptable au monde. Dormir longtemps le matin, ne pas faire de crise, rester immobile au restaurant. Être polie, servir l'apéritif aux amis sans qu'on le lui demande, danser dans le salon pour nous divertir puis aller se coucher lorsque nous aurions envie d'intimité. Allumer la télévision toute seule le dimanche matin et attendre sagement. Souvent nos amis la prenaient en exemple, la comparaient à leurs propres enfants. Ils pensaient que c'était inné, nous demandaient conseil, ils ne saisissaient pas l'origine de sa douceur et de sa discrétion ; elle n'avait simplement pas le choix.

Un jour que nous déjeunions sur la place, mon mari jouait avec ma fille à un jeu qu'ils avaient inventé. Une amie attendrie par leur complicité a lancé une phrase affirmative, jamais elle n'aurait pensé que cela puisse en être autrement :

— Tu l'aimes comme ta propre fille c'est magnifique !

Et mon mari de rétorquer, lui qui d'ordinaire pèse ses mots pendant des heures :

— Absolument pas ! Non, ce n'est pas de l'amour, et ce ne sera jamais ma fille.

Je n'ai pas pu saisir la réaction de mon amie, trop occupée que j'étais à chercher ma fille du regard. Par chance, elle jouait à quelques mètres de nous et n'avait rien perçu de l'échange, sa petite poupée nageait dans la fontaine et elle chantait doucement en regardant ses cheveux flotter.

Sur le coup, j'ai trouvé mon mari méchant. Aujourd'hui, je pense qu'il a simplement été trop honnête. Tous ceux qui prétendent considérer les enfants de leur conjoint comme les leurs, pensent-ils vraiment ce qu'ils disent ? Mon mari était lié à ma fille parce qu'elle vivait avec moi, il la prenait en charge avec son sens habituel des responsabilités, pour l'équilibre de notre couple. Il s'occupait d'elle par amour pour moi, il l'appréciait et aimait sa compagnie mais ne concevait pas d'affection indépendante envers elle. Ou simplement, il ne se l'autorisait pas. Les hommes savent s'y prendre avec les enfants des autres, on ne loue pas assez leur talent à composer. On peut tout leur demander, ils accepteront sans condition les parties de cache-cache, les promenades au parc, les repas à heures fixes. Mais peut-on les forcer à aimer des enfants ?

5

Une nuit de septembre encore, n'y tenant plus, poussée par l'ivresse et l'insouciance d'un salon littéraire dans le Sud-Ouest, j'ai cliqué sur le profil de Sandro. Impossible de me retenir, je lui ai envoyé un cœur rouge par message privé sur Instagram. Peut-être la distance géographique rendait-elle ce cœur un peu moins grave, un peu moins rouge qu'il ne l'était. Mon cœur battait à mille à l'heure.

— Bonsoir, a-t-il aussitôt répondu. C'est une erreur ?

— Non ! ai-je tapé immédiatement.

Et dans mon point d'exclamation, j'espérais qu'il comprenne. Qu'il devine tout ce désir. Cette envie de le découvrir, de l'entendre parler. Je ne savais rien encore de ses tatouages sous sa chemise, de sa façon de m'embrasser comme on respire avant de courir, de me voler ma cigarette pour en prendre une bouffée avant de la replacer délicatement entre mes doigts.

Je me consumais en attendant une réponse. En ébullition dans ma chambre d'hôtel, je suis sortie à une heure du matin marcher dans la rue, en extase, le sourire tourné vers le ciel. Bras nus, j'étais Rimbaud dans les blés, je remerciais les astres, l'air et le vent. Je n'avais pas été aussi heureuse depuis longtemps. J'avais oublié l'effet que cela procurait, l'idée d'un nouvel amour, auquel on succomberait tôt ou tard, pour s'y perdre et en jouir.

En rentrant, quelques mots s'étaient affichés sur mon téléphone.

« Alors à très vite. Bonne nuit Ariane. »

Il est venu me chercher à la bibliothèque le mardi suivant, où je faisais semblant d'écrire depuis deux heures en attendant qu'il me propose un café. Il pensait que j'étais une jeune femme sérieuse, moi un voyou à qui je n'aurais rien à dire.

Postée dans le hall en l'attendant, j'hésitais entre la mort cérébrale et l'épilepsie. Moi qui enchaînais les rencontres et les conférences depuis des mois, à parler à des inconnus, à régler la hauteur des micros, moi qui avais enfin gagné l'assurance de l'adulte établie, voilà que je venais de tout perdre en quelques jours. J'étais redevenue une petite fille, un souriceau apeuré, le regard fuyant, le pas incertain. Comme si je devais tout apprendre de la vie, ou le réapprendre avec lui. C'était moi qui, soudain, avais dix ans de moins.

Lui m'attendait au centre de la cour de l'hôtel de ville. Il était de dos et scrutait les mauvaises fenêtres, il n'était jamais allé à la bibliothèque. En entendant mes pas, il s'est retourné et m'a saluée avec une assurance exagérée. « On va boire un café ? »

Sur sa doudoune sans manches, des pellicules de gel. Sous sa chemise, un léger embonpoint qu'il a évoqué quelques minutes plus tard devant un café, accusant son récent célibat. Ce ventre résiduel était notre premier point commun. Nous en avons ri en balayant le sujet d'un revers de main.

C'est douloureux le désir. Quand vous crevez d'envie à n'en plus finir. Que votre dos se cambre instinctivement, que votre bouche s'ouvre sur le vide. Vous êtes assise en face d'un homme, vous êtes mal à l'aise et vous n'avez rien à dire, vous n'êtes plus qu'un amas de chair béat, un creux immense à la place du ventre. Vous luttez pour camoufler la tempête intérieure, vous tentez de mener une conversation normale, pourtant vous tremblez, vos paupières se ferment légèrement et vos mots ne sont qu'un vagissement sourd, vos entrailles un nœud de huit, et dans cet abandon de la raison vous espérez vainement que l'homme devine, entende, perçoive. Et même si ça vous fait mal, vous vous noyez dans la contemplation de ses mains habiles, de l'armoire de son dos, dans le profil de son sourire. L'envie est telle que vous pourriez en vomir.

Vous n'avez plus faim, vous n'avez plus sommeil. Vous vous réveillez la nuit en y pensant ou pour y penser, le cercle est infernal et la crampe intense : vous le savez d'avance, vous ne dormirez plus, le vertige vous tiendra jusqu'à l'aube. Jusqu'au lendemain, et jusqu'à ce qu'il s'éteigne, vous serez obsédée par une allure et un regard en biais.

Et quand le désir s'éteindra, il vous manquera. La douleur du manque prendra le relais, implacable et moqueuse. Le désir est la seule douleur désirable.

J'étais muette. Heureusement, il comblait tous mes blancs ; je ne trouvais rien à dire, j'étais occupée à enregistrer les intonations de sa voix et à observer sa gestuelle.

Il parlait fort, sa bague m'éblouissait. Son teint était pâle, ses paupières lourdes. J'ai pensé qu'il ne me plaisait pas. Que je n'avais rien à dire ni à faire avec lui. Tous les signaux étaient rouges, je devais déguerpir à toute vitesse de ce rendez-vous, il n'était pas pour moi.

Lui ne cessait de me questionner : qu'est-ce que je lui voulais, quel était le mobile de mon message, et même s'il en avait été agréablement surpris, s'il se réveillait très heureux depuis quelques jours, je devais lui expliquer maintenant ! m'ordonnait-il. J'avais un mari riche et beau, une famille de magazine, c'était invraisemblable cette histoire bon sang, qu'est-ce que…

— Ça n'arrive pas souvent dans la vie ! l'avais-je coupé de ma voix aiguë, celle qui surgit quand je suis mal à l'aise. Non, ça n'arrive pas souvent dans la vie d'avoir mal au ventre en pensant à quelqu'un. Trois, quatre fois dans une existence, tout au plus. Et moi, quand je pense à toi, j'ai très, *très* mal au ventre.

Il a hoché la tête en silence, songeur.

Il s'est levé sans rien dire, il a payé et il est revenu.

— Bon. Si tu veux reboire un café, ou je sais pas, faire un tour à moto par exemple, appelle-moi.

Avant de partir, il a allumé ma cigarette, ses mains tremblaient. Il était 16 heures et j'ai pensé – j'ai voulu penser – qu'il était alcoolique.

Alors je me suis mise à boire.

Tous les soirs, pour commencer. Pour atténuer le bruit ambiant, pour calfeutrer la réalité. Pour ne plus entendre le bonheur familial et les rires de mes enfants, pour émousser les discours entendus de mon mari. Je buvais en cachette, seule, entre deux bains, avant d'aller au parc. Certains soirs, je proposais à quelques amies d'aller boire dans son bar. Juste pour partager une cigarette dehors en vitesse, il me rejoignait quand il pouvait, on s'échangeait deux mots et quelques sous-entendus. Ses yeux brillaient, nous étions nerveux, notre secret comblait les silences. Souvent, je buvais jusqu'au trop-plein. Je rentrais tard, je tombais du lit avant de courir aux W.-C. Mon mari allait me chercher un seau en plein milieu de la nuit.

— Tu vas encore vomir ? Ça va ? Pourquoi tu ne me réponds pas, oh Ariane réponds, ça va ? Ah mais tu ne m'entends pas ! Tu as vomi avec tes boules Quiès ! Tu aurais pu prendre la peine de les ôter !

J'ai vomi ma vie, j'ai vomi cette adoration étrange dont je ne voulais pas et qui me tombait dessus. J'ai vomi celle que j'allais devenir.

Je buvais pour partager son monde. Lui, il buvait en travaillant, il fumait autant qu'il buvait. Je voulais m'enivrer avec lui et oublier mon monde.

Tout me demandait un effort, me lever, sourire, manger. J'avais tous les symptômes de la dépression alors que je crevais d'amour. Ou de sentiment amoureux, me corrigera plus tard mon amie Iris, quand je lui confierai ma déroute. Ne mélange pas tout, tu le désires, c'est du sentiment amoureux, ton mari, tu le supportes encore, ça c'est de l'amour.

Je n'en savais rien, je ne savais pas qui supporter, je m'en moquais, je n'avais plus qu'un unique but, le revoir. Nous nous sommes revus, bien sûr, il ne pouvait en être autrement. On ne tremblait pas pour de faux ni à cause de l'alcool. C'étaient les premières secousses du séisme à venir.

6

Il y a des milieux dans lesquels l'alcool n'est pas grave, où une bière à 10 heures, 14 heures ou minuit équivaut à un jus de fruit. Sandro gravitait dans ce monde, je le devinais sans y être jamais entrée. Ça buvait comme ça respirait, matin, midi et soir, sans avoir besoin de reboucher les bouteilles pour le lendemain. Je ne pense pas qu'il y avait un jour de trêve d'alcool dans la semaine. Difficile de faire autrement quand on travaille dans un restaurant ou dans un bar, quand on vient vous voir uniquement pour ça, parce que vous êtes le meilleur compagnon pour sortir, parce que vous avez grandi dans les meilleures vignes et que le sens du mot fête semble avoir été inventé à votre naissance. Ses clients, ses amis et sa famille l'attendaient pour boire, il y avait toujours une bonne raison, un millésime à déguster, à acheter ou à vendre. C'était plus qu'un métier, c'était une responsabilité. Son palais ne devait jamais faiblir. Son foie encaissait, il buvait comme il travaillait, en permanence. Les autres, eux, s'économisaient la semaine pour se rattraper le week-end et venir s'embrumer dans son bar, puis boudaient s'il ne daignait pas se joindre à eux. Heureusement qu'il était occupé en début de soirée, le bar ne désemplissait pas, il y avait les planches à préparer, la vaisselle à ranger. Pourtant, vers 23 heures, quand le service ralentissait, il ingérait plusieurs verres cul sec avec son collègue, en renversant la tête en arrière, comme une prescription. Quand je le voyais faire ça, mon cœur se serrait, il ne dégustait pas ce vin-là, c'était sa dose nécessaire pour se calmer, rattraper les autres, se préparer à aller boire ailleurs, à l'étage, dans d'autres appartements enfumés.

Dès que je l'ai rencontré, cette consommation m'a fascinée. Cela faisait des années que j'essayais de découvrir l'œnologie – mon mari n'a jamais acheté une seule bouteille, j'étais la seule à y penser, à me renseigner chez le caviste lorsque nous avions des invités – et soudain un Italien me noyait de premiers crus.

Qu'attendons-nous d'autre, nous les mères de trente-cinq ans, épanouies mais exsangues, si ce n'est qu'un jeune homme nous serve du vin en murmurant « Mademoiselle vous êtes magnifique ce soir » ?

J'ai passé mon enfance à entendre ma grand-mère se plaindre de l'alcoolisme mondain de papy. À la fin des dîners de famille, les débats politiques étaient aussi stériles que des commentaires Facebook. Assise à côté de mon père, ma mère cachait sa honte, prétextait des rendez-vous.

Personne ne lui en a jamais voulu. Papy était alcoolique mais il était aimant. Il est mon premier mort. Le premier pour lequel j'ai vraiment pleuré.

Quand mes parents ont divorcé, j'avais quatre ans, maman m'a placée un an chez mamie et papy. Ils m'ont scolarisée près de chez eux, dans un village paisible aux balcons garnis de géraniums. Ils ont préparé mon chocolat chaud tous les matins, m'ont emmenée à l'école, ont organisé mon anniversaire, sympathisé avec les parents d'élèves. Quand maman m'a récupérée, j'ai continué d'aller chez eux les mercredis, les week-ends et les vacances scolaires. Je voudrais mentir, dire que je me souviens des matins avec ma mère, mais mes souvenirs de la petite enfance se situent uniquement chez papy et mamie. Je me revois, errer des heures dans le jardin, la robe et la frange trop courtes, faire copuler les escargots. Je rêvais déjà d'écrire la vie que je n'avais pas vécue, dans ma chambre au papier peint trop rose. Le soir, mamie me lisait *La Chèvre de Monsieur Seguin*, puis chantait « Les Roses blanches », nous pleurions sans arrêt.

Papy râlait :

— Colette, ne veux-tu pas lui lire autre chose, voyons !

Papy était aussi solaire que mamie était négative. Il était le grand-père dont tout le monde a honte mais que tout le monde préfère. Sans-gêne, bruyant et bourré de mauvaises manières. Du genre à aspirer la soupe le dos voûté et à rogner les côtes d'agneau avec les doigts, ravagé par la guerre d'Algérie, l'alcool et les Gauloises sans filtre. Il se brossait les dents une seule fois, avant le petit-déjeuner, puis il s'aspergeait d'Azzaro partout, dans le cou, sur les bras, et même sur le visage. À partir de ses cinquante ans, on a craint sa mort. À soixante, après une vingtaine de séjours à l'hôpital, on a commencé à parler de lui comme d'un survivant. *Ah l'Jacquy, ça fait dix ans qu'il doit mourir mais il est toujours là !* scandait mon père. Papy n'était pas susceptible, il en riait en se servant un petit canon de rouge. Il défiait la mort.

Le jour où, à quatre-vingts ans, on l'a cru immortel, il est parti dans son sommeil, après un barbecue de début d'été. Je me souviens de ses cuisses maigres et blanches dans son short à fleurs, et de son visage serein sous le chapeau de paille qu'il avait emprunté à mamie pour retourner les merguez qui grillaient au soleil. Mon mari avait insisté pour qu'on l'organise enfin, ce déjeuner familial que nous repoussions sans cesse, plus d'excuse, que mon frère vienne surtout, que tous les petits-enfants soient là. Nous lui en sommes tous éternellement reconnaissants. Même mon père était passé nous faire une surprise au café, et la famille ainsi réunie, le déjeuner avait pris des allures de mariage. On ne s'arrêtait plus de rire, papy était fatigué, silencieux et heureux. Comme mamie était occupée, il en a profité pour boire plus de vin que ne lui permettait sa dialyse. La vie comme il l'aimait, en somme. On devrait toujours partir ainsi, après un grand barbecue arrosé.

Je pourrais raconter comment il m'a appris à jouer au tarot à huit ans.

— Mais non, ne balance pas du pique, c'est ma longe, tu sais bien que je coupe à cœur ! Et compte les atouts bon Dieu de bon Dieu, compte les atouts !

Une patience limitée.

Comme le tarot ne se joue pas à deux mais qu'il brûlait d'envie de ressusciter les parties endiablées de son époque, il avait créé un troisième joueur et tenait ainsi deux jeux de cartes. Il se concentrait comme un fou pour incarner deux joueurs à la fois. Il m'a appris à jouer au tarot comme un bonhomme. Interdit de faire pipi ou de lancer une blague en pleine partie, le tarot, c'est sacré, et mamie se faisait gravement rabrouer si elle me proposait un goûter. Je suis presque devenue une professionnelle du tarot. Garde sans le chien, petit au bout. Je battais mon frère et mon père en mémorisant toutes les cartes déjà tombées. J'ai un peu perdu la main, mais quand on me propose une partie j'accepte toujours, c'est le seul jeu auquel je joue, et j'ai systématiquement une pensée émue pour papy et toutes les ruses qu'il m'a enseignées. Après l'incinération, j'ai glissé le 21 d'atout dans l'urne, la carte la plus forte. Je voulais qu'il leur foute à tous une sacrée branlée, là-bas, au cimetière.

Il y a des hommes qui aiment les femmes, le vin et le jeu. Ce sont les hommes auxquels on succombe.

Maman ne l'admirait pas. Il paraît qu'il faut admirer son père, c'est structurant. Il n'avait pas eu une belle carrière, elle avait souffert de sa réputation d'analphabète et d'ouvrier. Elle craignait les présentations à ses amants et à ses beaux-parents. Elle craignait par-dessus tout la fin du repas, quand il déraperait avec les Arabes et la politique, qu'il évoquerait à demi-mot ses traumatismes de la guerre d'Algérie. Elle avait tort, on lui pardonnait tout. Il envoyait valser les codes et les classes sociales. On le prenait comme il était, à gueuler devant le 20 heures une Gauloise à la bouche. On ne pouvait pas en placer une, il avait toujours raison, il adorait les gens ou les détestait. Au fond, il ramenait tout le monde sur terre.

Il me manque. Si seulement je pouvais le lui confier. Tu sais papy, depuis que tu es parti, j'ai déménagé dans une très belle région, là où est produit le vin le meilleur et le plus cher, et j'ai rencontré un garçon, il s'appelle Sandro, il t'en servirait avec joie. Oui je sais, ce n'est pas bien mais j'y peux rien. Non papy, Sandro n'est pas arabe. C'est un Italien. Tu les aimes bien, les Italiens, tu partais tous les étés sur la côte Adriatique. Je suis sûre que tu le brancherais foot direct. Vous ne seriez pas d'accord sur les joueurs, et vos propos s'échaufferaient, la clope au bec et la cendre qui tombe par terre. Mamie râlerait : ça se voit que ce n'est pas vous qui faites le ménage.

7

Après ce premier café soumis à mon silence et à peine rentrée chez moi, Sandro m'a prescrit *Porcelain* de Moby. *Écoute ça, respire.* Dès les premières notes, mon cœur a repris un rythme normal, mes poumons se sont déployés. J'écoutais ce morceau adolescente, quand il portait encore des couches. Ce type n'avait pas vingt-trois ans, ce n'était pas possible, il était d'une autre époque ou bien nous étions en train de relier l'Histoire. Je l'ai écouté trois fois d'affilée avant de le remercier par des points de suspension dans nos têtes.

Entre ce moment et aujourd'hui, j'ai écouté *Porcelain* un million de fois et demie.

Je lui ai envoyé un long message que j'ai effacé dans la foulée et dont je ne me souviens plus. J'y ai sans doute écrit la clé de notre relation mais ma mémoire me fait défaut, peut-être pour m'éviter de trouver l'issue trop vite.

Le lendemain je me suis levée à l'aube, j'ai annulé le déjeuner à Paris auquel je devais me rendre. Je devais interviewer un auteur et j'ai tout annulé, la maison d'édition, le train et le taxi. Je me suis habillée et maquillée avec soin. Vers 11 heures, son prénom s'est affiché sur mon téléphone. J'ai souri. Il m'a demandé si j'avais bien dormi et si j'étais libre à midi. Je l'étais.

Il m'a donné rendez-vous dans un restaurant italien et je l'ai prié d'arriver avant moi. *Ne t'inquiète pas, princesse.* J'ai croisé la terre entière dans ce restaurant et je n'en avais rien à faire, on a prétexté un rendez-vous professionnel, un partenariat vin-littérature. Plus c'est gros, plus on vous croit. On a discuté pendant deux heures sans s'arrêter. Je n'ai pas touché à mon assiette. Il m'a décrit sa famille, ses animaux. Il a scandé ses principes, son sens de l'honneur. Il m'a raconté ses études d'œnologie et ses sorties beaunoises. Il a mentionné ses addictions en les conjuguant au passé. Il s'est inventé une colocation pour éviter de me dire qu'il était retourné vivre chez ses parents après sa séparation. Il m'a avoué une vie dissolue, il avait besoin d'une femme. Je me suis sentie visée.

Il a recommandé du vin puis m'a demandé pourquoi j'avais fait tant d'enfants, si j'en voulais encore. Non, je n'en voulais plus, j'étais fatiguée. Je ne lui ai pas dit qu'il était peut-être le symptôme d'une overdose d'enfants, de petits pots, et de nuits sans sommeil. « Dommage, m'a-t-il répondu, moi j'en veux, et des garçons. » Je n'ai rien ajouté, je ne lui ai pas fait de rappel de SVT, je l'ai laissé savourer sa repartie, comme je devais le faire souvent par la suite.

Il avait réfléchi sur moi : je n'avais pas assez vécu, n'étais pas assez sortie. Je l'ai laissé y croire, me raconter sa jeunesse dorée, ses prouesses de jeune caïd. Il voulait me prévenir : il n'était pas un gentil garçon. Mon mari était formidable, mais lui, il n'était pas pour moi. Il croyait parler à une petite fille ignorante. Il n'avait pas complètement tort, la maternité à peine achevée me conférait des airs d'émerveillement sur le monde. Chaque fois, la naissance est double : celle du bébé et la mienne. La femme en moi renaît, ou doit renaître, et pour cela moi aussi j'ai besoin d'un homme.

Il a conclu par une réplique qui, à en juger par la dilatation de ses pupilles, était l'une de ses préférées : « Tu sais Ariane, il y a trois solutions, la bonne, la mauvaise, et la mienne. »

Il s'est levé pour commander au bar un dernier café et régler l'addition discrètement, je lui ai laissé mon briquet en souvenir. Il m'a embrassée chastement sur la joue et a disparu de mon champ de vision en un instant. Il m'avait donné en une semaine ce que j'attendrais ensuite pendant des mois. On a tout compris quand on a vingt-quatre ans.

8

L'homme que je ne devais pas aimer avait, lui aussi, dix ans de moins que maman. Laurent, surnommé Lolo. Il a accompagné mon adolescence, il est parti à l'aube de ma vie de femme.

Il succédait à Dominique, médecin de campagne respecté, à l'origine de mon inscription en fac de médecine dix ans plus tard. Dominique était un BGMC : Beau Gosse Mais Chiant. Maman était trop belle et trop libre pour s'enfermer à la campagne avec lui.

Un jour d'été, maman m'a déposée chez papy et mamie et est allée passer un week-end chez Sylviane, *tu sais, Sylviane, mon amie un peu délurée*, près de Strasbourg. Dominique étant très jaloux, maman n'a pas précisé qu'il y aurait une trentaine de personnes chez Sylviane et qu'ils iraient sûrement tous danser après.

La boîte était immense. Réputée pour y perdre ses amis, on n'en sortait jamais avant l'aube. Parmi les centaines de femmes présentes ce soir-là, Lolo n'a vu que maman, maman n'a vu que Lolo.

Lolo n'était pas du genre à danser. Il s'est posté au beau milieu de la piste, et il l'a regardée bouger, un peu comme un abruti, pendant une heure. Ça amusait maman, elle n'a pas pensé qu'un attardé était en train de la mater et qu'il avait l'air bizarre. Non, maman souriait et dansait de plus belle.

Et puis Lolo a disparu. Le visage de maman s'est assombri.

Une demi-heure plus tard, elle l'a enfin retrouvé, la tête de Lolo dépassait d'une poutre. Il la regardait toujours. Mieux, il se cachait par intermittence, et réapparaissait à gauche puis à droite de la poutre. Et ma mère riait aux éclats comme un bébé de 18 mois.

Il ne lui a pas payé un verre, il n'a pas pris son numéro, il lui a simplement demandé ce qu'elle avait de prévu le lendemain. Maman a répondu qu'elle irait à la piscine avec une amie avant de rentrer chez elle.

Quand maman m'a récupérée chez papy et mamie, elle sentait un monoï particulier. Ses cheveux dorés et huilés volaient dans la décapotable, elle chantonnait en souriant. Elle n'a pas pu s'empêcher de me raconter sa rencontre, je ne comprenais rien, j'avais neuf ans et elle me parlait d'un arbre, son discours était confus. Je saisissais qu'il ne s'agissait pas d'un arbre à proprement parler, l'arbre était juste un lieu, un repère, un clin d'œil.

Car c'est d'un arbre que Lolo a fait son apparition le lendemain à la piscine. Il s'y cachait comme il l'avait fait la veille derrière la poutre de la discothèque.

La blague aurait pu être lourde, pourtant maman avait adoré. Elle riait de cet homme plus baraque que l'arbuste, il dépassait largement, sa cachette était vaine et il s'en amusait. Des tonnes de muscles rembourraient tous les os de son corps. Contrairement aux autres bodybuilders, il était blanc comme neige, presque albinos. Ses origines polonaises, ses cheveux platine et sa peau translucide juraient avec son accent du Sud. Il avait vécu toute sa vie près de Toulon, puis s'était installé dans l'Est pour le travail.

En outre, Lolo bégayait beaucoup. À table, mon frère et moi finissions toutes ses phrases, même si maman nous faisait les gros yeux. Il ne s'en offusquait pas, ne criait jamais. Sa particularité était de serrer les masséters en cas de contrariété, une protubérance apparaissait alors sur sa mâchoire droite. Maman commentait : « Arrêtez les enfants, Lolo fait sa boule sur le côté. » Il ne bronchait pas davantage, le mutisme était son royaume. Avant de repartir travailler il inscrivait JTM MPA devant nous à la craie sur le tableau de la cuisine, signifiant « je t'aime mon petit amour ». Maman gloussait. Il claquait la porte et elle souriait toujours en ramassant les miettes sur la table.

Le premier jour à la piscine, n'importe qui aurait pris cet homme pour un barge, un pervers. Qui était ce type qui n'arrêtait pas de se cacher et de zieuter ? Pourtant maman riait sous son chapeau, elle ne s'arrêtait plus de rire. Elle est tombée amoureuse de deux épaules et d'un humour décalé.

Quand elle l'a rencontré, Lolo avait vingt-huit ans, mon frère seize et moi neuf. Maman trente-huit, par conséquent. Sans compter tous les copains et copines qu'on ramenait, l'appartement puait la jeunesse à plein nez.

Mais avant cela, il y a eu une séparation. La jalousie, les cris que l'on cache aux enfants et qui réveillent la nuit, il y a eu Dominique en bas de l'immeuble, Lolo qui en sort, confiant, de biais pour passer la porte convenablement, Dominique renonçant à la confrontation devant les deux mètres de muscles mais qui monte après, chez nous, pour coincer maman. Papa a été appelé en renfort ce soir-là, c'est toujours lui qui intervient en dernier recours, tel un négociateur. Il a mis tout le monde d'accord avec deux phrases et un doigt en l'air, et Dominique est rentré chez lui.

Le lendemain, fatiguée de sa propre existence, maman est partie quelques jours, faire le point, laissant Lolo dans l'appartement. Quand elle est revenue, un drap blanc immense pendait du balcon, tapissant la façade de l'immeuble, recouvrant les fenêtres du voisinage. Lolo y avait tagué « JTM MPA ». Ce drap était l'étendard de leur union, une crinière de lion, une crête de coq, un cul de singe provocateur, le sang de la virginité perdue que l'on suspend à la fenêtre, et ce drap avait définitivement convaincu et fait fuir Dominique.

Lolo est l'homme que maman a le plus aimé. Leur relation était sereine, ils s'accordaient chimiquement et humainement. Tandis que les autres hommes cherchaient à obtenir une certaine mainmise financière et intellectuelle, Lolo a poussé maman à reprendre ses études de journalisme, il est le premier homme à avoir encouragé son émancipation. Ils ne se sont pas donné d'enfant, mais un apprentissage et une confiance mutuels.

Ainsi, Lolo était dans la place, avec son mètre quatre-vingt-quinze, ses trois mots par jour et sa mâchoire mouvante. Il préférait que maman soit calme, alors comme tous les hommes en couple avec des mères, il a œuvré pour le bien-être de tout le monde, il m'a déposée aux cours de natation synchronisée, à l'école ou chez des copines pour la soulager. Il s'est transformé en chauffeur, cuistot, prof de maths. J'ai été polie, je l'ai remercié en dessins et en spectacles. Pour que maman continue à glousser. Chacun s'est appliqué à la tâche.

Très vite, Lolo a fait l'acquisition d'un Piou-Piou qu'il a installé dans la cuisine. Le Piou-Piou était un jeu pour enfants de moins de trois ans, un poussin jaune que l'on pouvait fixer sur n'importe quel socle à l'aide de sa ventouse. Quand on appuyait sur la tête du poussin, celui-ci couinait délicatement. Comme Lolo peinait à s'exprimer, il marquait sa désapprobation en se servant du Piou-Piou. Si maman criait trop fort, si j'étais insolente ou s'il en avait tout simplement marre de nous et du bruit, il se levait de sa chaise, s'approchait du poussin, appuyait sur sa tête plus ou moins fort pour nous dire « Piou-Piou ». *Grosso modo*, « Piou-Piou » voulait dire « ta gueule ».

Pendant sept ans, il m'a vue grandir, entendue mentir, m'a surprise rêveuse et désespérée dans ma chambre de prépubère. Il a corrigé mes DM de physique. On a regardé des films, écouté de la musique à fond dans sa voiture. On a posé cet homme dans ma vie sans que je le choisisse, il n'a pas été un père de substitution, il était le compagnon de ma mère, la figure masculine de mon adolescence, mon beau-père préféré. Sans le savoir, il donnait à mon futur mari le modèle de beau-père que j'attendais pour ma fille aînée. C'est le schéma que j'ai appris, celui avec lequel je suis le plus à l'aise : une mère, sa fille, un beau-père.

Mon premier mari m'avait pourtant permis de croire au schéma classique. Le jour de notre mariage, à l'Église, j'y croyais plus que quiconque. J'allais grandir, vieillir et mourir auprès de cet homme. J'ai même convaincu mon entourage que me marier à vingt ans était la plus belle chose que je pouvais faire de ma vie, comme je les ai convaincus que le quitter quatre ans plus tard était la plus salvatrice. J'ai été persuadée à chaque nouvel amour qu'il serait le dernier. J'allais bien réussir à vivre avec un homme. Pourtant, une fois que je les avais rendus pères, je ne pensais plus qu'à fuir pour renaître, ailleurs.

9

Elle avait dix-neuf ans. Avec ses cheveux noirs et ses dents écartées, elle était la plus belle du bowling.

On ne voyait que ton père. D'ailleurs, c'est toujours le plus beau à soixante-cinq ans, toutes mes copines me le disent.

Si tu es à un dîner et qu'une femme te plaît, ne la regarde pas une seule fois de la soirée et elle tombera amoureuse de toi.

Il était mince mais très nerveux. Tu l'aurais vu se battre en discothèque, avec ses petits bras tout maigres !

Juste une bière, ça ira merci. Quand je bois je deviens fou.

Avant ton père, j'étais fiancée à Alain, un ami à lui. Un soir, Alain a dû rentrer chez lui complètement soûl, nous n'étions pas encore mariés et tu connais mamie, elle n'a pas voulu qu'il dorme à la maison. Alain est mort dans un accident cette nuit-là. Six mois plus tard, je me mariais avec ton père.

Elle était joyeuse, elle aimait la vie. Et puis, elle savait accueillir, ta mère ! Une excellente maîtresse de maison.

À l'époque, on se mariait pour être libre, et je voulais partir de chez mes parents. Ton père c'était le plus beau, il avait une grosse voiture, tu penses bien, j'ai dit oui tout de suite.

Ta mère, elle cuisinait bien mais surtout elle cuisinait vite.

Avec ton père, il fallait manger à midi pile.

C'était une sacrée bosseuse, elle ne se plaignait jamais.

Il n'était jamais là, il travaillait tout le temps, et le dimanche, il dormait.

Je n'avais qu'une angoisse, celle de ne pas pouvoir payer un melon à mon fils.

Il ne voulait pas d'autre enfant ton père. Pour toi il n'a pas vraiment eu le choix, je l'ai mis devant le fait accompli.

J'avais eu mon garçon, c'était bien comme ça. Bien sûr que je ne te regrette pas, bébé, voyons !

On s'entendait bien avec ton père, à tous les niveaux… Mais on ne discutait pas. Moi qui ai toujours aimé couper les cheveux en quatre, avec lui c'était impossible.

Ta mère, elle a ses défauts, mais elle a un bon fond. Et puis elle m'a fait faire de sacrés beaux voyages !

Enceinte, je le dégoûtais, il disait que j'avais sacrément enflé.

Quelle idée elle a eu de se teindre en blond après ta naissance ! Ça, c'est à cause de l'autre guignol.

Il aurait préféré ne rien savoir. Ton père, il était comme ça, toujours à faire l'autruche.

Ça sert à rien d'inventer des problèmes quand il n'y en a pas !

Quand ils ont appris ma liaison, mes beaux-parents sont venus vider la maison. Ils voulaient qu'on partage aussi les enfants. J'ai refusé et je suis allée à l'hôtel avec vous deux. Puis Dany nous a trouvé une autre maison, tu sais, celle avec les grands escaliers. Tu l'adorais, Dany.

Que ce connard ne s'avise jamais de traverser la route devant moi, je ne freinerai pas.

Ah ton père, tous les mois il faut lui quémander la pension. Tiens appelle-le, qu'il vous emmène au restaurant ce soir, j'ai pas envie de cuisiner.

Ta mère, si elle gagne 100 euros, elle en dépense 150.

Ce serait bien que papa paie ta part pour nos vacances au Club Med.

J'ai racheté des tableaux à ta mère, elle avait besoin d'argent. Je suis quand même le seul con qui ai acheté ses meubles deux fois !

Peut-être que l'on serait restés ensemble avec ton père si les grands-parents n'avaient pas vidé la maison.

Écoute-moi bien, bébé, si on était restés ensemble avec ta mère, eh bien… On aurait été très très riches.

10

Ça fait du bruit un billet qu'on déplie. Surtout un billet préalablement plié en quatre. Alors imaginez une liasse de billets, on peut facilement monter à 50 décibels, surtout si on se lèche le doigt avant de compter, davantage si on fait claquer le papier sur l'autre d'un coup sec, en rythme. Pour une liasse d'épaisseur moyenne, vous en aurez pour trente secondes environ. Le comptage de billets est un moment visuel et sonore, on pourrait le considérer comme une sorte de spectacle.

Les commerçants ont toujours plus de billets que les autres et papa en avait plus que les autres commerçants. Pour l'enfant que j'étais, et même pour mes cousins, papa était indéniablement le plus riche puisqu'il avait le plus de billets. Vous n'impressionnez personne avec une carte bleue, dorée ou noire, encore moins avec un sans contact. Alors qu'avec une grosse liasse pliée en deux, une belle liasse de billets colorés, triés du plus grand au plus petit et coincés dans une pince Dupont, elle-même délicatement rangée dans la poche arrière droite d'un jean Versace, vous pouvez être sûr de votre petit effet.

Il suffisait que je demande une glace à 5 francs et hop, papa plongeait la main dans la poche et le défilé des billets commençait. Chlap, chlap, chlap, 500 F, 500 F, encore 500 F, hop 200 F, et chlap, chlap, 200 F, 200 F, je ne m'impatientais pas, ma glace pouvait fondre et la banquise avec, le dépliage des billets était un moment obligatoire, sacré. Chlap, chlap, 100 F, 100 F, 100 F, 100 F, 50 F, 50 F, 50 F. La marchande de glace, hypnotisée, attendait sagement le milieu du paquet. 10 F, 10 F, ah mince, plus de billet de 5 F. Tenez, prenez 10 F mademoiselle, et gardez la monnaie, vous êtes gentille.

Je n'ai jamais vu la couleur de la carte bleue de papa, je crois qu'il n'en avait pas ou qu'elle était bien rangée. Et s'il en possédait une, il n'en connaissait pas le code.

Adolescente, je passais souvent au magasin pour réclamer un peu d'argent. La plupart du temps, papa me tendait systématiquement un billet. Tiens, va t'acheter un nouveau futal. Tiens, pour tes Pâques. Tiens, pour boire un coup. Tiens, pour aller à la foire. Tiens, pour rentrer en taxi ce soir. Il arrivait aussi que papa n'ait pas d'argent sur lui et que j'en aie besoin. Il prenait un air contrarié. Repasse demain bébé s'il te plaît, je vais en *faire.*

Ainsi, mon père avait un don. Il *fabriquait* l'argent.

De tous mes beaux-pères successifs, que ce soit Dany, Dominique, Lolo ou les suivants, aucun n'était commerçant, ni même italien, et comme eux, mes deux maris n'ont jamais eu un sou d'argent liquide en poche, voire pas de poche du tout, ou bien une poche cousue. Ils n'étaient pas radins mais il ne fallait pas parler d'argent, le grand tabou français. Ça ne me posait aucun problème, *la fraîche* n'était pas le seul moyen de paiement et l'argent ne m'a jamais manqué, j'en ai eu petite et j'ai travaillé pour en avoir après. Je n'étais pas obsédée par l'idée des billets, seulement désireuse de maintenir le standing de vie auquel j'étais habituée. Je n'ai jamais rêvé de sacs à main de luxe, encore moins de yachts à Dubaï, mon père non plus. Être riche, chez nous, c'était simplement ne pas se sentir empêché. À propos de l'argent, mon père répète inlassablement : « Si tu peux payer une pizza à tes mômes, c'est que t'es riche. » Je n'ai jamais trouvé meilleure définition.

Et voilà qu'un jeune homme entrait dans ma vie, avec sa liasse de billets dans la poche. Il n'était pas plus riche qu'un autre, mais il payait en liquide. Il laissait des pourboires au comptoir, en tapant l'épaule du patron pour le remercier. Il ne payait pas devant la femme qu'il invitait, il sortait ses billets galamment, et revenait à table comme si de rien n'était. Qu'il m'invite, c'était dans mes codes. J'avais reçu cette éducation aujourd'hui considérée comme dépassée et je ne la remettais pas en question, mais cette assurance dans sa façon de payer, ses pouces balayant les billets, leur bruit m'était si familier que j'en demeurais troublée. Quand j'étais avec Sandro, une pluie de détails me ramenait dans l'enfance. Il était peut-être fou, manipulateur ou toxique, mais il suffisait que je regarde la croix autour de son cou ou accrochée au rétroviseur, symbole de l'Italie assumée et clinquante, pour que je me sente en sécurité.

11

Dans ce bar, le premier lieu de notre histoire, je suis la reine et je ne fais pas attention aux autres filles, il y en a plein et il en rejoindra une après, qu'il appellera « Chérie » ou « Princesse », comme il me surnomme parfois. Je ne suis pas jalouse, car ce fameux jour où il m'a regardée, elles étaient toutes là. Elles ont vu, elles ont entendu le silence et elles savent. Elles me cherchent sur Instagram, scrutent mes stories. Elles me détaillent avec curiosité quand je marche dans la rue, elles le mettent en garde contre moi, la femme mariée, l'écrivaine. Quand il passe une nuit avec l'une d'entre elles, il crie mon nom dans la nuit et l'idiote ne peut s'empêcher de lui en parler au petit matin, gonflant le fantasme et le goût d'inachevé, devenant ainsi mon alliée. Toutes ces filles sont mes complices. Lorsqu'il est derrière le bar et que je le regarde, elles baissent les yeux.

Je venais pour cet entre-deux, celui où je prenais mon manteau et mon verre pour défiler, démarche chaloupée et paupières fières, et aller m'installer dehors avec une cigarette. Il me rejoignait à chaque fois, me saluait en plissant légèrement les yeux, ne parlait pas, ou à peine. D'un sourire il avait déjà tout dit. Il s'enquérait parfois de mon bien-être, prenait de mes nouvelles sans m'écouter, vidait un cendrier, essuyait un tabouret mouillé par la pluie pour que je puisse m'y asseoir. J'étais bien, dehors, le perron était mon royaume, au milieu de mes volutes silencieuses je percevais la musique et les rires des gens colmatés par la vitre. Je l'observais, je ne demandais rien d'autre au monde que le regarder travailler et me sourire.

Sandro n'était pas seul à gérer les commandes, il avait un employé, Luc. Celui-ci était d'une bonhomie *a priori* inoffensive, et son allure rassurante contrastait avec celle de son jeune patron, plus exubérant. Ils semblaient former un duo complémentaire, un tandem efficace. Sandro avait débauché Luc alors qu'il était en poste dans un autre bar, leur entente était méchamment bonne, Sandro avait besoin d'expérience, de repartie, et Luc d'une carrure. Depuis le soir où j'avais rendu l'ambiguïté réelle, le soir du cœur rouge envoyé à Sandro, lequel n'avait pas pu s'empêcher d'en parler à son acolyte, Luc me considérait comme l'élément perturbateur mettant en péril son plan machiavélique, celui de faire de Sandro son double. Paternaliste à sa façon, il projetait sur lui ses rêves oubliés et lui enseignait ce qu'il connaissait : le pire. Quand Luc était là, Sandro demeurait arrogant, distant. Si Luc s'absentait, Sandro s'approchait de moi avec douceur. L'amour n'est jamais le bienvenu dans les affaires et s'accorde mal aux démons de la nuit. Luc ne voulait de mal à personne mais je représentais une menace pour son précieux duo. Je ne pouvais lui reprocher ses réticences, nous avions le même mobile, lui et moi : nous galvaniser de l'énergie d'un jeune homme, retrouver en sa présence une audace et une spontanéité déchues. En la présence de Sandro, chacun avait l'impression de renaître. Il arborait la crinière magique de Raiponce, incarnant l'éternelle jeunesse. Luc l'avait à l'époque pour lui tout seul, et j'admettais qu'il ne veuille pas le partager.

Nous ne nous étions pas encore embrassés et je brûlais de ce baiser, que j'imaginais tendre, audacieux. Les soirs passaient et au fil des semaines il me semblait plus méfiant, parfois agressif. C'était déstabilisant : je n'avais pas douté de sa disponibilité ni de son désir, lui qui en une semaine m'avait envoyé une centaine de messages, de chansons et m'avait invitée au restaurant, mais il a cessé de répondre à mes messages, la pire punition de notre époque. Tout juste s'il me « lâchait un vu », comme disait ma fille aînée à ses copines. Fébrile et perdue, ne comprenant rien à son changement d'attitude, j'ai appelé Iris en renfort, mon amie parisienne. Au téléphone, je lui ai simplement dit : « C'est grave. » Elle a compris tout de suite, Iris est urgentiste. Elle a sauté dans le premier TGV. J'ai tout déballé pendant le trajet gare-maison. On reconnaît quelqu'un qui vous aime à son absence de parti pris. À aucun moment elle ne m'a fait la liste des risques et des conséquences. Iris avait diagnostiqué la maladie, elle pressentait l'inutilité des mises en garde car ce qu'elle voyait, c'était une femme obsédée par un homme ; elle cherchait dans sa trousse de secours un médicament immédiat, un remède miracle pour fièvre récalcitrante. Alors nous sommes sorties prendre l'air, elle m'a payé une coupe à 14 heures, allumé une cigarette et décrété :

— On y va ensemble ce soir.

Il n'y avait pas d'autre solution, elle serait mon pare-feu.

Il paraît qu'on a toujours le choix, mais cette affirmation est grotesque. Ils disent tous ça, les autres, ceux qui n'ont pas aimé. Ils disent « on est maître de ses actes et on peut tout contrôler, il suffit de prendre sur soi, de résister, de respirer ». Ils disent « tout est question de volonté, la famille avant tout, on ne détruit pas tout pour une chatouille dans le ventre, on ne peut pas passer sa vie à répéter les mêmes erreurs ». Ils jugent et ils se moquent, les autres, ils pensent qu'ils ont toujours su, que ça ne leur arrivera pas, et encore moins deux fois. Mais qu'est-ce qu'ils connaissent de la folie ?

Iris a lu une histoire à ma cadette et j'en ai profité pour noircir mes cils, j'ai lissé ma frange et nous sommes sorties. Nous avons bu des verres dans un premier bar, la musique me grisait et mon ventre se tordait. Allez viens on y va, j'ai murmuré. Je ne respirais plus, je n'avais plus d'ongles, plus d'allure, je n'étais qu'une ombre dans la nuit au bras d'une amie.

Il m'a vue arriver et il a tourné les talons, son plateau à la main. Il ne m'a pas dit bonjour, je vacillais, je signais ma mort. Iris, dans toute sa splendeur, détaillait le lieu et comptait les gens tel un sniper. Elle a regardé Luc, lui a souri. Séduit, il a rougi. Elle venait de désamorcer une première bombe, ses cheveux blonds la rendaient ingénue, elle était mon génie. Elle a repéré une table et m'a ordonné de m'asseoir, nous n'allions pas rester plantées là. Sandro a chuchoté quelque chose à l'oreille de Luc qui est venu prendre notre commande à sa place, gouailleur. Je perdais pied. Devant mon affolement, Iris m'a proposé d'aller fumer une cigarette dehors. Dans la vitrine d'en face, j'ai vu Sandro s'approcher enfin. Je tremblais de tous mes membres.

— Salut, ça va ? ai-je lancé de ma voix trop aiguë.

Il n'a rien répondu. Il a volé ma cigarette, a inspiré une longue taffe, et l'a écrasée dans le cendrier méchamment avant de repartir sans un mot.

Je me suis tournée vers une Iris aussi désappointée que moi. Je sentais ses nerfs chauffer. Elle a fini son verre cul sec et m'a dit : « Je reviens. » J'ai attendu sagement dehors, une nouvelle cigarette à la main. Je ne saurai jamais ce qu'ils se sont dit, cela restera dans les oubliettes des vapeurs d'alcool et des secrets de la nuit. Il est revenu peu après, m'a prise par la main et m'a entraînée à l'intérieur du bar avec fermeté, comme on punit un enfant en l'emmenant au coin, on a croisé Iris qui discutait avec Luc, lui offrait ses yeux bleus hypnotiques, subtil stratagème de diversion protectrice. Nous sommes arrivés au fond du bar, il n'y avait personne et il m'a ordonné de m'asseoir sur une chaise en bois. Il s'est assis aussi. Nous étions tous les deux face à face et nos pupilles s'affrontaient. Dans la pénombre et la fumée, on ressemblait à deux vieux joueurs de poker énervés disputant leur ultime partie.

— Mais qu'est-ce que tu me veux, bon sang ? Laisse-moi tranquille, rejoins ta famille, je ne suis pas quelqu'un pour toi, je te l'ai déjà dit, je suis un mauvais garçon, je ne t'apporterai rien de bien. Je suis *inépuisable*. Qu'est-ce que tu me veux, tu peux me le dire ?

Je le fixais sans sourire. Je ne trouvais aucune bonne réponse et j'en étais désolée. J'ai passé ma main dans sa nuque, ma conduite n'était dictée que par mon irrépressible envie de le toucher. Au contact de ma main, ses yeux se sont légèrement plissés, il a secoué la tête et s'est levé.

— Allez si t'as rien à dire, c'est bon, va-t'en.

Je me suis levée aussi, et tous deux ainsi debout, immobiles, nous avons baissé les armes. Il m'a embrassée, rapidement, en me défiant du regard, comme une claque que j'attendais. *Va-t'en maintenant.*

J'ai souri et j'ai tourné les talons.

— Alors, il t'a embrassée ?

— Oui, j'ai répondu à Iris en marchant vers la maison.

— C'est bien, a-t-elle conclu en souriant.

Mon portable a sonné, c'était lui.

— Oui ?

— Je t'emmène à Nice le week-end prochain, c'est à prendre ou à laisser.

— Le week-end prochain… Euh, c'est l'anniversaire de ma fille…

— Tant pis pour toi.

Et il a raccroché.

J'étais en rémission. Je regardais mon bébé, mon tout petit bébé, je pleurais devant son sourire du matin, mes larmes glissaient sur ses pieds moelleux. Qu'y avait-il de plus enivrant que ce petit poids chaud contre mon cœur ? Je te le promets, ma puce, je vais oublier cet homme, cesser de penser à lui, de lui écrire. Je ne courrai pas le risque d'une garde alternée, tu as besoin de moi comme j'ai besoin de toi et de tes sœurs, j'ai déraillé mais je t'aime, du plus profond de mon cœur.

Il était temps que je me reprenne en main, mon mari avait remarqué mon comportement étrange, mes absences, je ne pouvais pas me permettre d'être honnête, je devais cacher ma mélancolie afin de protéger mes petits. À tâtons, j'ai cherché mes œillères, je les ai plaquées sur mes yeux et j'ai appuyé le plus fort possible, je voulais gagner du temps. Je serrais ma fille de toutes mes forces, je la noyais de baisers et, d'avance, je lui demandais pardon pour toutes ces promesses que je ne tiendrais pas.

12

Il ne m'a pas emmenée à Nice. Nous ne nous sommes pas donné de nouvelles pendant un mois.

— Je ne suis pas un gentil garçon, je suis le diable, pas docteur. On n'a rien à faire ensemble, occupe-toi de ta famille. Ton mari, il sait se battre au moins ?

Pour lui, la violence était une façon de communiquer comme une autre. Ses films cultes étaient les mêmes que ceux de mon frère : *Le Parrain*, *La vie est belle*, *La vérité si je mens*, *Gladiator*. Je n'avais aucun effort à faire pour reconnaître les répliques qu'il volait aux personnages. J'avais les références. Avec lui, j'étais chez moi.

Mon frère a toujours gominé ses cheveux pour ressembler aux protagonistes du *Parrain*. Il portait un couteau et sortait des répliques cinglantes. Quand j'étais petite, si un camarade avait le malheur de me taquiner un peu trop, mon frère débarquait à la sortie de l'école, cheveux en arrière ou rasés sur les côtés, chaîne en or qui brille. Je lui montrais du doigt le morveux en question et mon frère le prenait à part. Ni une ni deux, je n'avais plus d'ennuis. Je me souviens d'un Jonathan qui soulevait un peu trop souvent ma jupe à la récré. Je l'ai rapporté à mon frère, il a séché les cours pour débarquer à 16 h 30 à la sortie de l'école. Jonathan s'est fait pipi dessus quand mon frère l'a saisi par les bretelles de sa salopette. Jonathan a passé le restant de l'année à porter mon sac à dos et à me prêter son parapluie.

Mon père était du même acabit, calme en apparence. *Si quelqu'un t'emmerde ou te touche, fais-moi confiance, bébé, y aura pas de procès.* Habituée à être protégée par la force des hommes, du moins par leurs paroles, je me sentais invincible. *Fais attention, dis-moi quand tu es rentrée. Attends-moi, je vais te ramener. Appelle-moi à n'importe quelle heure de la nuit, je serai là.*

Sandro cultivait cet attrait pour la domination masculine et pour la protection des femmes. Je retrouvais mes racines italiennes, les dictons balancés au bon moment, ou scandés trois fois de suite, les yeux exorbités, le doigt en l'air. Il parlait peu mais avec efficacité. Par messages, c'était pire. Je ne cernais pas si son absence de nouvelles relevait de la stratégie ou de l'indifférence. Lorsque je lui posais la question, à la dérobée, il me disait qu'il ne comprenait pas l'intérêt de compromettre son honneur : j'étais mariée et il n'en démordrait pas, je devais absolument me ressaisir, rentrer chez moi. Les semaines passaient et l'empreinte de mon obsession réapparaissait, je n'oubliais pas que dans ses yeux, un jour, en août, j'avais tout lu.

Ainsi, mes résolutions n'ont guère tenu longtemps. Le calme étant revenu dans mon foyer, la culpabilité s'est effacée et j'ai recommencé à sortir.

Un soir brumeux de novembre, vers minuit, j'étais soûle et je quittais son bar. Il n'avait pas répondu à mes œillades ni ne m'avait rejointe dehors pour partager ma cigarette. Au lieu de rentrer chez moi, je lui ai écrit. *Je t'attends sous la pluie, à l'angle.* Je me suis réfugiée derrière une plante verte et j'ai attendu.

Quelques minutes plus tard, ses chaussures claquaient sur le goudron mouillé. Dans le magasin d'en face, j'ai reconnu son reflet, son allure si particulière, à travers la brume. Il n'a pas ralenti. Il savait très bien où j'étais, il a foncé sur moi comme on enfonce une porte pendant un incendie.

Il m'a embrassée, tendrement, comme il me l'avait promis, comme j'avais imaginé qu'il m'embrasserait. *Allez, viens avec moi, ne reste pas sous la pluie.*

Nous sommes entrés dans le bar.

Puis il a viré les clients.

Un par un.

En les prenant par la main.

Il a fermé la porte du bar à double tour.

Il a fait couler des bulles dans deux verres.

Il s'est assis sur un fauteuil en velours.

— Mets ta musique préférée ma chère.

J'ai lancé *Woman* d'Alex Hepburn.

Évidemment.

J'ai pivoté vers lui.

— Comme tu es belle, Ariane…

Il n'arrêtait plus de murmurer mon prénom, comme une incantation.

Je me souviens de tout. Des étapes intermédiaires, de la couleur de ses chaussettes, d'un téton dans sa bouche, de ses cheveux noirs et épais, de sa peau blanche tatouée. Il m'a portée sur la banquette au fond du bar. Dix ans que j'étais en couple avec le même homme. J'avais oublié le regard nouveau d'un homme qui a faim, sa voix grave, sa tonalité méconnaissable. J'avais oublié les contractures coïtales d'un visage inconnu, l'image obsédante dont le souvenir nous fait honte les jours d'après. Je ne savais pas s'il me prenait comme il en avait envie ou comme il le fallait d'après lui. Il a tiré mes cheveux, mordu mes seins, déchiré mes fesses. Il me faisait mal parce qu'il ne pouvait procéder autrement. Dans sa violence, je ne voyais qu'une tendresse saine. Il s'est arrêté, m'a embrassé le visage. « Je n'ai pas le droit. »

Je m'en moquais. De toute façon c'était trop tard. Je le serrais contre moi et la Terre pouvait bien s'arrêter de tourner. C'était du sexe pressé et nécessaire.

Il m'a rhabillée en chantant sur une musique italienne, m'a aidée à enfiler ma chemise comme on aide une petite fille, d'abord un bras, je me suis tournée, puis l'autre bras. Il a murmuré : « Je crois que je suis amoureux de toi. Ou plus que ça. »

C'était du sexe-excuse.

Viens il est tard, je te ramène.

Je suis rentrée à 4 heures du matin sans alibi. Dans ses bras, j'avais oublié l'heure, un préservatif, la fin de mes règles.

C'était aussi du sexe sale et amnésique.

Mon mari a sursauté quand je suis entrée dans le lit. Je sentais un autre parfum, j'étais ivre, j'avais caché mon téléphone portable. Je n'ai pas répondu à ses questions. Je me suis endormie et j'ai probablement ronflé dans la foulée.

Il m'a réveillée une demi-heure plus tard en posant mon pouce sur mon portable pour le déverrouiller. C'était le mauvais pouce, il s'est énervé. « C'est quoi ton code, putain, c'est quoi ton code ? » J'ai donné un mauvais code en forçant sur l'alcoolisme. Je lui ai dit de se calmer et de revenir se coucher. J'ai été réveillée deux heures plus tard par des pleurs de bébé et des coups de pied dans le dos.

Alors on fait moins la maligne, lève-toi maintenant.

Il était 6 heures et je tenais à peine debout, ma tête tournait et mon bébé hurlait. J'ai fait tomber le lait en poudre, je me suis cognée dans les meubles, j'ai réveillé les autres, et tous ces enfants qui s'agitaient autour de moi me donnaient envie de partir définitivement, il était beaucoup trop tôt, ne pouvait-on pas me laisser dans ma maladie, dans cet état liquoreux, puis me laisser enfler comme une vieille murène putride, j'avais son odeur sur moi, je voulais qu'on m'oublie, je n'y arrivais plus, je voulais une pause dans ma vie de mère, moi aussi je voulais être une enfant, je voulais qu'on s'occupe de moi, qu'on me déshabille et qu'on me rhabille, qu'on oublie mes caprices. Je regardais mes enfants et je leur demandais pardon, je les suppliais de se taire. Pardon mais c'est trop difficile, je voudrais dormir, vous comprenez. Je voudrais rêver et rire, je voudrais retrouver l'insouciance. Je voudrais m'en aller.

13

Je ne me souviens plus de la rencontre. Je ne rejoue que la scène de la piscine sans moi, de leur entrevue romantique où je n'étais pas, celle que maman m'a racontée cent fois. Peut-être était-ce en fin de journée, je rentrais de l'école, il fumait une cigarette dans la cuisine avec elle.

— Ariane, je te présente Laurent. Mais tu peux l'appeler Lolo. Ariane : Lolo ; Lolo : Ariane.

Non, trop formel. Ça ne s'est pas passé comme ça, je n'ai pas assez d'imagination pour inventer une rencontre dont je n'ai aucun souvenir. Et puis j'avais à peine neuf ans, je ne serais jamais rentrée de l'école toute seule. Ils sont peut-être venus me chercher ensemble, je suis montée dans la voiture, maman s'est retournée pour me tendre un croissant fraîchement acheté à la boulangerie et Lolo a bredouillé « b-b-bonjour ». Puis l'intello pipelette que j'étais a déblatéré sa journée en leur cassant les oreilles. Ils ne m'écoutaient pas, ils se regardaient en coin, complices, j'étais un bruit de fond confortable. Ou c'était peut-être en été, il n'y avait pas école, ma mère avait choisi un lieu impersonnel, une balade ou un café en ville.

Dans mes souvenirs, ma rencontre avec lui est celle de ma mère, je m'invente systématiquement une scène à la piscine, avec l'arbre, alors que je n'y étais pas. C'est terrible de ne pas retrouver ce moment, celui de la première vision, comme celui de la dernière. Je suis en manque d'un homme dont je n'ai ni le début ni la fin. Je ne pense même pas à téléphoner à ma mère, elle a sûrement oublié. Et si je lui demande, elle va répondre à côté, pensant que je l'attaque. « Oh, j'ai attendu longtemps avant de te le présenter ! » Je me moque du délai légal, je voudrais connaître les circonstances. Le lieu, l'heure, la saison, l'ambiance, la gêne, les mots.

Est-ce que j'y ai cru à leur histoire d'amour, quand je l'ai vu, ce grand machin albinos ? Me suis-je projetée dix ou vingt ans plus tard, me suis-je permis de juger, de comparer ? Non. Je l'ai pris comme il était, je ne me suis pas méfiée. Salut, t'es nouveau dans notre vie, chouette, un personnage inconnu, un nouveau terrain de jeu. J'te préviens, je vais faire mon intéressante pendant au moins six mois, couper vos conversations, refuser de me coucher quand vous réclamerez votre intimité. Ton passé, tes diplômes et tes goûts, *balek*, j'suis bien trop jeune pour l'analyse. Je me servirai de toi pour mes devoirs de maths, je t'utiliserai pour obtenir un cadeau ou une sortie, je regarderai la moitié d'un film avec toi et j'oublierai de te souhaiter une bonne nuit. Je mangerai tes raviolis trop cuits quand maman ne sera pas là et je n'attendrai rien d'autre, j'apprendrai à te connaître et à me développer à travers tes réactions, ton rire témoin de ma pertinence occasionnelle et de mon intrusion réussie dans votre humour d'adulte, ou tes soupirs exaspérés quand je serai allée trop loin. Je testerai mes limites de petite fille, mon pouvoir de séductrice, de garce, tu vas élargir ma maigre connaissance des hommes. Mon développement sera lié à ta relation avec ma mère. Tu seras quelque part entre l'ami, le père, le frère et l'amant, et des barrières automatiques s'ouvriront et se fermeront.

Pourquoi ce beau-père, plus qu'un autre, me manque-t-il autant ? Pourquoi apparaît-il dans mes rêves de façon récurrente, comme l'amie sur laquelle j'ai écrit un premier roman ? Je cherche à comprendre pourquoi les absents m'obsèdent autant, tout en sachant que je ne résoudrai rien.

Je l'ai cherché un million de fois, Lolo n'est pas sur les réseaux sociaux. J'ai tenté les pseudonymes, les initiales, les noms de famille sans voyelle. Depuis la création de Facebook, j'ai regardé tous les mois, pendant presque quinze ans. J'ai cherché sur Instagram, Twitter, LinkedIn, Copains d'avant, sans but particulier. Je n'étais pas animée par la curiosité de découvrir son visage vieilli ni son statut marital, j'étais plutôt motivée par l'idée d'entrer en contact, d'échanger quelques mots, et surtout de lui montrer la femme que j'étais devenue, moi la petite fille qui à l'époque le faisait enrager. Regarde donc mes photos de profil, balaie mon compte. Trouves-tu que je ressemble à maman, me trouves-tu jolie ? Regarde ce que j'ai accompli, observe mon parcours, que ressens-tu, toi qui m'as aidée à finir mes devoirs tous les mercredis ? Dis-moi, Lolo, penses-tu à moi parfois ? M'as-tu déjà cherchée sur Google ? Quel souvenir gardes-tu de nous ? Peut-être suis-je restée cette petite fille hystérique et faussement intello, avec son carré plongeant, peut-être n'envisages-tu pas mon visage de femme, j'aurai bientôt l'âge de maman quand tu l'as rencontrée. Moi non plus je ne t'imagine pas bedonnant, ni grisonnant. Je ne t'imagine pas père de famille, dépassé, vieux con. Tu dois avoir cinquante-cinq ans maintenant. Te reste-t-il quelque chose du Lolo puéril et insouciant ? Bouges-tu encore tes masséters quand tu es contrarié ? Liras-tu ce livre si quelqu'un t'en parle ? Je n'ai jamais écrit pour récupérer les gens aimés, mais plutôt pour ressusciter les absents et m'en libérer, comme une séance d'exorcisme, et pour le faire j'attendais qu'un jeune homme entre dans ma vie et me donne le fil conducteur.

Un beau-père, c'est le nouveau mari de sa mère, ou le père de son mari. On peut avoir plusieurs beaux-pères. C'est un titre sans être réellement un statut.

Ma fille, un beau matin, a décidé de créer la fête des beaux-Pères. À neuf ans, elle s'était rendu compte à quel point son beau-père œuvrait pour elle au quotidien ; elle avait deviné l'absence de légitimité, les sacrifices, le don de soi. Ainsi, elle a décrété qu'à l'image de la fête des Mères ou des Grands-Mères, tous les 2 mars, nous célébrerions désormais la fête des Beaux-Pères. Mon mari a souri, on a les reconnaissances qu'on mérite. Nous avons fait un gâteau ensemble, et j'ai acheté une bouteille de whisky pour célébrer cette étape. Chaque année, nous lui avons souhaité sa fête. C'était notre façon de lui dire merci d'élever cette petite fille qui n'était pas la sienne et de lui offrir un pilier, un socle, une aide.

Peu après, nous avons eu notre premier bébé ensemble, ma fille est devenue grande sœur, et mon mari chef d'une famille recomposée. Il attendait ce moment depuis longtemps, asseoir son autorité et assumer pleinement sa place de père.

Cela a renversé un peu les rôles, lui qui avait tout à apprendre en devenant papa pour la première fois, il demandait qu'on le laisse seul dans la salle de bains avec son nouveau-né, ne supportait pas les conseils ni les jugements de ma fille. Il voulait du temps rien qu'avec moi et le bébé, je me crispais chaque fois que ma fille nous dérangeait dans notre trio, j'avais peur que mon mari se tende alors que je ne souhaitais qu'une chose : nous voir réunis tous les quatre. Je ne pense pas qu'il s'agissait d'un rejet de sa part ; c'était plutôt le besoin de s'approprier pleinement son rôle. J'ai repensé à ma mère : « Il va falloir composer, ma pépette. » Composer, composer, j'ai entendu ce mot toute ma vie. Tout concilier, diviser le temps, être la mère et l'épouse, n'oublier personne, surtout soi.

14

Après cette première nuit au fond de son bar, Sandro a fait le mort. Mon adolescence était loin, j'avais oublié qu'un homme peut vous oublier après vous avoir possédée. J'ai écrit des messages et des poèmes, je lui ai envoyé une vidéo de moi au piano, jouant l'une des musiques qui avaient accompagné notre nuit, j'ai encore appris l'italien, j'ai tout essayé, je n'avais plus de réponse. Je repensais à sa mise en garde : « Je ne suis pas un gentil garçon moi, tu sais. » J'allais quand même boire un verre de temps en temps, je le questionnais entre deux portes : quel était son problème ? Luc lui chuchotait un truc dans l'oreille et Sandro me toisait. Il ne me voulait plus, pas comme ça, pas dans le bar, encore moins dans un hôtel, il ne voulait pas se cacher. Il ne serait jamais mon amant. Il ne serait jamais dans ma vie. Il ne me voulait plus.

Mais moi, Sandro, je te voulais encore. Alors j'ai arrêté de t'écrire et j'ai joué au chasseur tapi dans l'ombre. J'ai attendu, j'ai voyagé, j'ai posté des photos de moi, de partout en France aux côtés de personnes célèbres, de fans d'un soir. Je t'ai paru loin, aimée et adulée, alors tu as fini par revenir au bout de quelques semaines, dérouté. Tu as réagi à l'une de mes stories par un <3 je n'ai pas commenté tu m'as demandé quand je rentrais j'ai répondu « demain » et tu as écrit « demain tu déjeunes avec moi ». Je te tenais à nouveau.

Le lendemain, tu étais habillé comme pour un mariage. Costume trois-pièces, gilet en satin, toujours trop, toujours plus. C'était exagéré, cette tenue, mais c'était peut-être ce que je t'inspirais, une soirée au bal. À l'inverse, j'avais opté pour un jean taille haute déchiré aux genoux et un sweat un peu loose. Tu faisais 45 ans et moi 15. Il y avait quelque chose de touchant dans notre démarche vestimentaire.

Tu avais réservé à midi dans une brasserie réputée de Beaune que tu connaissais bien. Tous les serveurs te lançaient des regards en biais. Tu étais fier, tu bombais le torse.

« Qu'est-ce que t'es belle » m'as-tu lancé en guise de bonjour. J'appartenais à nouveau à ton regard et je ne demandais rien d'autre.

Tu m'as laissé la banquette et m'as tendu la bonne carte, puis tu as commandé deux verres de rouge sans me consulter au préalable. Tu ne m'as jamais laissé le choix et je t'ai aimé pour ça.

J'ai regardé la carte, j'ai pensé que j'allais prendre des gnocchis à la truffe. Tu as refermé la carte en disant : « Je prends des gnocchis à la truffe, et toi ? »

Nous n'avons pas mangé nos gnocchis. Régulièrement, l'un de nous deux ponctuait le silence d'un « je suis si content(e) de te voir » – euphémisme du désir.

Nous avons fumé une cigarette en terrasse, tu as pris un plaid pour le poser sur mes genoux. Surprise par cette attention, j'ai refusé abruptement. Tu as haussé les épaules. Alors que toute ma vie j'avais attendu ce geste, qu'un homme pose un plaid sur mes genoux. Pendant dix ans j'avais reproché à mon mari de ne jamais penser à me couvrir le soir, ne pas avoir cette tendre attention du « tu as froid ma chérie ? ».

Je n'étais pas prête à toi. Tu te proclamais diable et tu n'étais que tendresse. Je te l'ai dit.

— Oui, j'ai le cœur trop gros. Je ne sais pas quoi en faire alors la plupart du temps je fais n'importe quoi.

J'avais un rendez-vous à 15 heures et nous devions nous quitter. Debout au beau milieu de la rue, nous nous sommes embrassés maladroitement, entre les narines et les lèvres. Nous nous sommes serrés. Avant de te laisser, je t'ai demandé le nom de ton parfum qui depuis notre première rencontre m'enivrait autant qu'il me troublait. Et tu as cité fièrement ce parfum à la lavande, celui que mon père porte depuis ses seize ans. *Pour un homme* de Caron. J'ai ouvert la bouche sur ta réponse et mon déni.

15

Tous les souvenirs que j'ai avec papa ont lieu dans son magasin, au café ou au restaurant. Je n'ai jamais vu mon père au petit-déjeuner, et lors des weekends que je passais chez lui, il était levé bien avant moi, habillé, parfumé. Souvent, il me proposait d'inviter une amie ; je considérais cela comme un cadeau, un luxe, un caprice devancé, alors que je le voyais à peine. En vacances, il prenait un hôtel, une chambre pour mon frère et moi et une pour lui.

Je n'ai jamais vu papa en pyjama. Je n'ai jamais vu papa malade, ni même souffrant. Quand il évoquait son frigo vide et sa télé allumée, je ne comprenais pas qu'il décrivait sa solitude, car il le faisait avec élégance et ironie.

Je n'ai jamais vu papa s'entretuer avec ses maîtresses, pourtant j'en ai connu plusieurs, un peu moins que le nombre d'amants de maman – elle ne pouvait s'offrir le luxe de me les cacher.

Papa n'a jamais haussé le ton avec moi. Il n'en avait pas le temps ni l'énergie, pas même le besoin.

Tous les samedis, nous déjeunions ensemble à la même brasserie. Pendant le repas, il ne se passait rien, ou pas grand-chose. Quand j'étais petite, il commandait tout ce que je désirais, des grenadines géantes et des desserts que je ne finissais pas ; quand je suis devenue ado, il absorbait mon silence sans reproche, il inoculait des paroles à la fois sages et divertissantes, des *leitmotive* chatouillant mes ambitions naissantes. À l'époque où j'étais étudiante, il me passait un coup de fil vingt minutes avant midi en guise de réveil, et j'arrivais les cheveux mouillés, je mangeais à peine. Parfois, si par miracle je n'avais pas la gueule de bois, il commandait une coupe de champagne pour moi et une bière pour lui. Je voyais dans ses yeux le plaisir qu'il prenait à déjeuner avec la jeune femme en devenir que j'étais. Quand je suis devenue maman, j'ai momentanément arrêté les déjeuners. Il attendait docilement dans son magasin que je vienne lui rendre visite avec ma fille. Il n'a jamais soupiré devant mes humeurs, mes tristesses dérisoires. Parfois, il ponctuait mes chagrins par un : « Tu sais, bébé, ce n'est pas bien grave tout ça. »

Les gens lui disaient qu'il aurait du mal avec moi, que j'étais chiante, sauvage et difficile. Il haussait les épaules et allumait une cigarette.

Devant mes échecs sentimentaux, tous ces mecs qui me refusaient, il répétait inlassablement, avec conviction, le doigt levé, que je les impressionnais, ces jeunes petits cons qui ne savaient pas ce qu'ils perdaient. « Tu m'entends, tu es la plus belle et la plus intelligente. Un volcan. Tu feras ce que tu veux de ta vie et des hommes. »

Ce magasin, c'était le lieu central de nos entrevues, de mes confessions. J'étais toujours heureuse quand j'en ressortais. Assis derrière son grand bureau en acajou, le cendrier à moitié plein, des parfums contraires d'encens et de produit lustrant pour meubles, il ne parlait jamais de lui, il fumait en m'écoutant attentivement. C'était le lieu où je me réfugiais si une amie m'avait trahie, si maman m'avait disputée, ou si un énième garçon avait refusé mes avances. C'est dans son magasin que je lui ai annoncé à vingt ans que j'étais enceinte. Les murs de son magasin ont tout entendu, ont vu défiler mes amoureux, mes amies, mes différentes vies. J'ai essuyé ses conseils, j'ai encaissé ses désapprobations et ses haussements de sourcils. Il ne venait jamais chez moi, à part chaque 1er mai pour m'apporter un brin de muguet. La plupart du temps, il attendait que je lui rende visite. Parce qu'il était mon point de repère, le lieu de ralliement de ma routine du week-end et de mes désordres intérieurs.

Quand j'évoquais un type décevant, il concluait, fier de lui : « De toute façon, tu ne trouveras jamais mieux que moi ! » Naïve, je riais. Puis je claquais la porte du magasin, en le remerciant.

Ce magasin, ce père en chemise derrière son bureau, les cheveux noirs et épais, c'est mon socle, ma raison d'être, ma confiance en moi, la femme aboutie que les hommes aiment et désirent. Ce magasin et ce père qui fume en plissant les yeux m'ont bâtie. C'est dans un commerce que j'ai pris mes premiers cours de séduction – « les hommes sont des menteurs, bébé » –, c'est dans un commerce que je suis devenue femme.

16

Le bar était fermé deux soirs par semaine. Quand il ne travaillait pas, il s'évaporait. Aucune nouvelle. Rideau. *Amore*, où es-tu ? Est-ce que ça va ? Aucune réponse. Il ne prévenait pas sa famille, personne. Il m'en avait vaguement parlé. « Parfois je disparais, c'est comme ça. Surtout au printemps. »

C'est poétique de disparaître quand on veut fuir. Je ne comprenais pas grand-chose de lui, mais ça, oui. Quand il se soustrayait à la réalité, j'écumais le profil Instagram de tous ses amis jusqu'à ce que j'obtienne une réponse. La plupart du temps je ne trouvais rien. Un soir, je suis tombée sur une story d'un de ses abonnés. Je l'ai aperçu, j'ai regardé la story six cents fois. Par chance, le type avait ajouté la localisation, Beaune, place Carnot. Juste à côté de la brasserie où nous avions déjeuné ensemble un mois plus tôt. Il y avait du monde sur la vidéo, de la fumée, du bruit, des cartes à jouer sur la table. Monsieur dépensait l'argent fraîchement gagné. J'ai prétexté avoir une amie à consoler et je suis sortie de chez moi à 22 heures J'ai prié mon mari de ne pas m'attendre pour se coucher.

En arrivant place Carnot, j'ai repéré le bruit et les fenêtres d'un appartement dans une ruelle attenante, il était là, j'en étais persuadée. Je me suis garée en dessous et je lui ai écrit, les mains moites et les joues trop maquillées.

— Tu descends me faire un bisou ?

Trois petits points bleus sont apparus, ont disparu, puis j'ai vu sa tête dépasser de la fenêtre. Incrédule, il a secoué la tête. Je lui ai fait un signe de la main pour qu'il descende et je suis sortie de ma voiture.

Il m'est apparu d'un coup. À chaque fois que je le voyais, je le trouvais plus grand que la fois précédente. Il m'a questionnée, légèrement sur la retenue.

— Tu m'as suivi ?

— Non, j'ai pas bougé depuis un mois.

Il a esquissé une moue, attendri.

— Ariana ! *Ma che casino* tu es, toi !

— Je m'inquiétais, c'est tout, tu ne réponds plus à mes messages.

— T'es encore avec ton mari ?

— Bah oui.

— Alors rentre chez toi.

— Tu pourrais me proposer un verre, ça a l'air sympa là-haut.

Il a marqué une pause.

— T'es incroyable ! Monte si tu veux. Je te préviens, tu connais personne, et je suis en pleine partie de poker.

En entrant, j'ai repéré ses amis. Je ne me suis pas présentée, j'ai souri, placide. Ils n'ont posé aucune question. J'ai observé les canapés, la table basse, les bouteilles de Dom Pérignon et le reste. Il m'a embrassée devant tout le monde, tendrement, comme si de rien n'était, et m'a proposé de m'asseoir dans un fauteuil près de la fenêtre. J'ai balbutié quelques mots à une fille à côté de moi, elle m'a regardée avec un air défoncé. Je n'ai pas insisté, je n'étais pas là pour me faire des copines. J'ai observé les cartes retournées, les jetons qu'on échange contre du liquide. Du rap en fond sonore, ils murmuraient les paroles avec automatisme. C'était sale, choquant, ils les récitaient comme une comptine. Un nouveau lexique s'offrait à moi, rien ne m'a jamais autant fascinée que les mots inconnus. À défaut de jouer, de danser ou de parler, je notais les titres et les noms des chanteurs, je voulais tout savoir, tout comprendre, je shazamais discrètement chaque morceau, pour étudier plus tard ce nouveau dialecte, mélange de verlan et d'arabe. *Maille, khapta, Carpla. Gav, Kichta, Schlass. Teuch, tise, jaune.* Je pensais à ma communauté littéraire, à Gainsbourg, je pensais à tous les puristes qui auraient fait une syncope en écoutant le son qui sortait des enceintes à ce moment-là. Le fond était pire que la forme, ça racontait des michtos amoureuses de braqueurs, schéma archaïque pour des jeunes de vingt-trois ans, qui semblaient pourtant adorer ces histoires de sang, de gland, d'argent. Le tripot parfait. Sandro chantait aussi, de sa voix grave, avec assurance, et toutes ces phrases impertinentes me paraissaient excitantes et poétiques lorsqu'elles sortaient de sa bouche.

Ses copains jouaient sans faire attention à moi. Ils savaient très bien qui j'étais, *l'écrivaine qui a trois gosses*, ils avaient reçu l'ordre de se taire et de continuer à vivre sans me prêter attention. Plus la soirée avançait, plus ça misait gros. Ils ont entamé une nouvelle partie, un type a brûlé la première carte, clin d'œil à Sandro. Je devinais les équipes secrètes, et au bout d'un moment j'ai compris qui partageait l'argent avec qui.

Je le regardais fumer, cartes en main. Cette façon de recracher une première volute de fumée bleue, après avoir tiré sur sa cigarette, c'était la même que celle de Lolo. Il commençait par inspirer bruyamment, marquant une pause dans la respiration, le filtre entre le pouce et le majeur, la main cachant partiellement son visage. Une première bulle de nicotine, bleutée, s'échappait de ses lèvres, remontait vers le nez, puis disparaissait. Enfin, il expirait une fumée blanche droit devant lui, en prenant son temps, parfois en bougeant les lèvres pour faire un rond. Les yeux plissés, il abandonnait la cigarette sur le coin de sa bouche pour poser une combinaison sur la table. Impassible, il guettait la réaction de ses adversaires en tirant une nouvelle taffe.

Il ne pouvait pas savoir qu'il fumait comme Lolo, de toute manière il ne savait pas qui était Lolo, il ne savait rien de moi, n'avait posé aucune question, il ne cherchait qu'à me montrer celui qu'il était ou voulait devenir.

Quand il a estimé que j'en avais eu assez, il a demandé une pause dans la partie, m'a raccompagnée à ma voiture et m'a souhaité une bonne nuit. Je n'ai pas insisté, il avait un carré d'as dans la main droite et un sourire prometteur.

Je ne te toucherai plus Ariane, n'insiste pas. J'ai été faible. Tu es mariée.

S'il bluffait avec moi, c'était réussi. J'espérais de tout cœur qu'il détenait pour nous la meilleure combinaison possible.

Maman et Lolo jouaient souvent ensemble dans la cuisine en fumant. Pas au poker, mais au Scrabble. Maman adorait les mots, Lolo un peu moins. J'aimais les déranger pendant leur partie, voir maman jubiler d'un mot compte triple, Lolo, à son habitude, bougeait sa mâchoire et arborait une expression neutre. En général, il laissait maman gagner au début, et lorsqu'elle pensait avoir assez d'avance, boum, il l'assommait avec des mots malins qui n'en étaient pas, un *Wu*, *Zup*, *Zip*, *Yac*, placés sur une case à étoile – à chaque couple d'amoureux son langage. Maman fumait alors deux trois clopes d'affilée pour se remettre de l'affront. Parfois, à la fin d'une partie, elle faisait un peu la gueule, mauvaise joueuse. Elle s'offusquait d'une éventuelle tricherie, râlait en rangeant les lettres dans la boîte. Lolo, sans un mot, se levait doucement et appuyait sur la tête du Piou-Piou de la cuisine. Maman lâchait un sourire et se blottissait au creux de ses pectoraux.

17

Les choses se font toujours naturellement entre les hommes et les enfants des autres, si personne ne joue à l'imposteur.

Lolo a marqué des points dès la première année : avec maman, ils ont profité de l'été pour refaire complètement ma chambre. Lolo avait tapissé les murs avec des couleurs modernes, posé de la moquette douce, changé mon lit baldaquin, installé une étagère pour ma chaîne hi-fi. Cette pièce était métamorphosée, je devenais enfin une vraie préado, je frottais mes joues contre les nouveaux rideaux en tulle en imaginant toutes les copines que j'allais pouvoir inviter dans mon repaire. Voilà, je l'ai déclaré ce jour-là, j'avais le meilleur beau-père du monde.

Après ma chambre, il s'est attaqué aux murs du couloir, puis du salon, de fil en aiguille il a retapé tout l'appartement. Ses deux mètres de haut et de large avaient besoin d'espace. Tous les week-ends, on courait les Casto et les Leroy Merlin, et entre deux allées Lolo demandait ingénument à maman, lui qui sortait à peine dix mots par jour : « On fait l'amour ce soir ? », et je tournais la tête comme si je n'avais rien entendu, maman rougissait, Lolo était fier du malaise provoqué. Il était souvent drôle à ses dépens. Je le croyais adulte, il avait vingt-huit ans.

Sur les photos qu'il nous reste, on ne voit souvent qu'une tache blanche, sa peau l'était tellement que les pixels de l'argentique et les flashs agressifs refusaient son image. Les amis de Maman raillaient son mutisme, il était ivre en silence, il ne dansait pas, il contemplait le monde. Papy le surnommait « le grand blanc », et dans sa bouche c'était affectueux, lui qui ne voulait pas de noir à la maison.

En Lolo, mon frère s'était *presque* trouvé un pote. Ils échangeaient sur les films, les séries et le sport. Impressionné par la carrure de notre beau-père, mon frère s'est mis à la musculation, il a acheté des protéines en poudre, installé une barre de traction au-dessus de sa chambre. Maman et moi slalomions entre les corps allongés ou suspendus, entre les pompes et les soulevés d'haltères, ça sentait la testostérone à plein nez dans nos soixante mètres carrés.

Le pote Lolo a vite cessé de l'être quand mon frère a commencé à fumer un peu trop de joints. Un matin, mon frère n'a pas reconnu ma mère dans la rue tellement il était défoncé. Choquée et triste, elle est rentrée en pleurant. Le soir même, l'œil déterminé et la mâchoire en action, Lolo est descendu en bas de l'immeuble pour expliquer gentiment au dealer de ne plus jamais revenir dans le quartier. Il a tenu un discours à mon frère, en bégayant certes, mais jusqu'au bout, d'homme à homme. Mon frère n'a plus jamais fumé de joint.

Très vite, Lolo a été au chômage. Alstom liquidait. Hors de question de brader ses diplômes dont il était fier, il attendait qu'un job d'ingénieur en or lui tombe dessus. En attendant, il a joué au beau-père au foyer. Je ne sais pas si ça embêtait ma mère, je crois qu'elle était plutôt contente de l'avoir auprès d'elle les matins, de lui demander de s'occuper de moi. Il se levait à la dernière minute et m'emmenait au collège vêtu d'un t-shirt gris.

À l'époque, on écoutait IAM en boucle, lui aussi adorait le rap et particulièrement cet album, *L'École du micro d'argent*. Assise du côté passager, je lisais consciencieusement les paroles sur le fascicule de la jaquette. Aujourd'hui encore, je les connais par cœur. Mes conjoints ont été successivement déroutés de m'entendre, au hasard de la radio, moi la mère de trois enfants, la femme en chignon, talons, veste, débiter le flow d'Akhenaton sur le bout des doigts. Systématiquement, quand j'écoute *Petit frère*, je pleure.

Après *Porcelain*, Sandro a continué à m'envoyer des titres de chansons, tous genres confondus.

Comme Picasso, il a eu sa période bleue. Je ne recevais alors que des chansons italiennes. J'ai adoré

Caruso, et une autre, bien moins connue, dans laquelle un homme dit à une femme qu'il l'attendra toujours. J'étais libre d'interpréter ses signaux, je ne savais pas s'il jouait ou s'il était sincère. Je composais avec des chansons d'amour et son silence.

Après la soirée poker, nous sommes passés au registre rap. Un matin d'hiver, après plusieurs semaines de messages non lus, alors que je tractais pour les élections municipales sur la place du Marché, j'ai compris qu'il me regardait derrière la vitre du commerce devant lequel j'étais postée, debout, sans rien faire d'autre. Ça m'a fait penser à Lolo derrière l'arbre. De surprise, j'ai écarquillé les yeux puis j'ai souri de travers. J'ai fait quelques pas vers lui, il est sorti du magasin. Il m'a demandé les yeux brillants si j'allais bien. J'ai répondu que je faisais comme je pouvais. Il me surplombait d'une marche ; j'ai eu envie de poser ma tête sur son torse, sur son polo en coton, j'aurais aimé qu'il me prenne dans ses bras, qu'il me serre. J'ai hésité, me balançant sur un pied, mais un élu municipal est venu me parler et échanger quelques tracts, alors Sandro est parti, beau prince, sans nous laisser le temps d'un blanc. Son moteur a rugi et trente secondes plus tard il m'envoyait un morceau de rap, intitulé *S'aimer en enfer*. Le son était rêche et le débit agressif, mais j'ai écouté religieusement les paroles, je palpitais encore à l'idée de sa manigance. Je lui ai répondu : « Vivement l'enfer. » Je n'avais pas compris qu'on y était déjà.

Qu'est-ce d'autre que l'enfer, quand vous vivez dans une obsession, quand chaque vêtement que vous enfilez, chaque pas que vous posez sur le pavé est l'objet et le but d'une pensée précise, celle d'être aperçue ou croisée par un homme à qui vous ne parlez jamais ? Votre démarche est titubante, votre cou se dévisse à l'affût d'une silhouette, d'une camionnette blanche ou d'une plaque d'immatriculation. Nous habitions la même ville et je l'arpentais pendant des heures entières, apprêtée, maquillée, assoiffée, pour le croiser à des heures précises, 17 h 58, quand il arrivait au travail. Lui ne me voyait pas car je me cachais, j'avais trop peur de mon attitude, je ne savais pas quoi dire, parfois j'étais avec une poussette et des courses à la main, je ne pensais pas dégager l'image de la séduction. À vrai dire, il n'en avait rien à faire. Il ne vivait pas dans la même obsession que moi.

Car si les premiers mois il avait été le jeune homme tremblant et ébloui qui m'avait tant séduite, il cessait graduellement de l'être pour devenir un fantôme inaccessible et cassant. Il me tenait par quelques bribes, chansons ou messages. Puis le silence. Pesant, insoutenable. Son regard pailleté se substituait de plus en plus au regard noir de l'homme indifférent. Et pourtant, je le sentais proche, dans la même attente que moi, il ne pouvait en être autrement, puisqu'un jour il m'avait déclaré son amour, son admiration, ses projets. J'étais la seule avec qui il se sentait bien, m'avait-il murmuré.

Était-ce la suite de mon déni, je ne pouvais concevoir qu'il en fût autrement, moi qui vivais du lever du jour au coucher du soleil, et plus tard encore, dans la nuit et dans ses recoins, pour qu'il m'attrape et m'embrasse, par erreur, par envie, par possessivité.

Parfois il me prenait par la main et me disait ce que je voulais entendre : je lui manquais, il n'attendait que moi, dans son bar, personne d'autre n'existait, alors je me persuadais de compter pour lui, je gravitais comme à l'arrière-plan dans son existence, et de temps en temps, lors d'un rapprochement inopiné, une cigarette fumée à la sauvette ensemble, il murmurait que c'était invraisemblable toute cette histoire, j'étais arrivée dans sa vie comme une jolie fleur et il avait peur, il secouait la tête. Plus tard, je recevais des titres de rap, Nekfeu, SCH, et je récitais les paroles.

Chaque matin pendant un an, je me suis levée avec l'espoir de le voir. Qu'il vienne me chercher et qu'il m'emmène quelque part. Bientôt, me disais-je, nous passerons une journée entière nus dans un lit immense et aux draps blancs, à boire le champagne du room-service, dans une suite avec vue sur les vignes. Je m'étais dessiné des corps emboîtés et des regards fiévreux, des « je t'aime » profonds et des orgasmes sans fin.

Chaque matin, j'emmenais mes filles à l'école et j'attendais. Parfois, vers 10 heures, j'envoyais un cœur. Ou je postais une story suggestive pour qu'il y réponde. Nous étions libres, lui et moi, tous les jours, puisque je travaillais à la maison et lui en soirée. Je ne comprenais pas pourquoi nous ne passions pas tout notre temps ensemble. Nous n'avions pas d'autre lieu que son bar et cela l'agaçait. Nous aurions pu rouler et nous arrêter n'importe où, laisser libre cours à notre imagination. L'imprévu lui déplaisait, il voulait autre chose pour moi que des banquettes et des hôtels. Je n'ai jamais été une fille qu'on prend juste pour le sexe. Je n'ai jamais eu de relation éphémère, aucun homme n'a jamais voulu jouer avec moi. La preuve, j'étais de celles à qui un barman de vingt-quatre ans pouvait dire : « Quel intérêt de juste te sauter ? » Ne pouvait-il pas me faire rire et l'amour, avec toute la légèreté du monde, sans aucune projection, comme si j'étais une fille sans importance ? Je voulais être un plan cul, un simple plan cul. Qui n'impressionne personne, avec lequel on palabre tard le soir et que l'on ne rappelle pas le lendemain. Avec qui on voudrait tout faire, sauf des enfants et un crédit immobilier. Qu'on appelle quand on a envie de s'amuser. Un beau plan cul, le meilleur de la terre. Dans le pack PCP, Plan Cul Parfait, il n'y aurait pas de chemises à repasser, pas de beaux-parents, pas de dîners de couple, pas de portable qu'on fouille ni de sorties interdites. Je n'en pouvais plus, moi, de tout ça. Je voulais détruire l'évier de ma cuisine et le lave-vaisselle avec. Je voulais juste bouffer des pistaches et lire des livres en slip, et puis, de temps en temps, quand il penserait à moi, me faire tirer les cheveux.

Ainsi, chaque matin donc, j'allais me promener dans les rues. Nous étions en décembre et je n'avais pas froid. Je n'ai pas eu froid de tout l'hiver, le gel et la neige me glissaient dessus autant que ma culpabilité. J'étais en robe manches courtes sous un manteau fin, le cou offert au vent, épilée, des sous-vêtements assortis, au cas où. La journée défilait et il ne se passait rien. Parfois deux ou trois messages sans suite. Je déjeunais seule, me remaquillais puis me rendais à la bibliothèque, pour frôler son bar du regard, je faisais semblant d'avancer sur mon manuscrit en cours. Soudain, il était l'heure d'aller chercher les enfants et je me rendais compte qu'une fois de plus je ne lui avais pas parlé. Une immense détresse s'emparait de moi, et mes enfants fatigués de leur journée retrouvaient une mère désemparée, vide. Je me servais un verre de vin dès le début des bains et je continuais à m'évader. Je cuisinais mais j'étais encore dans la rue. Mon mari rentrait, me racontait sa journée et j'étais dans son bar. Je me glissais sous les draps et j'étais dans ses bras. J'avais déserté. Le lendemain matin, je me réveillais et me ruais sur mon téléphone. Je n'avais pas de message. Une journée recommençait avec à nouveau l'idée de l'apercevoir. Déception après déception, heure après heure, j'ai ainsi passé une année à attendre un homme. J'ai lu *Passion simple*, d'Annie Ernaux, une dizaine de fois, c'était le seul livre qui retenait mon attention.

Et si je lui avais raconté mon errance dans les rues, de l'aube au crépuscule, mon attente infinie, mon obsession, mon désespoir, mes détours, mes vêtements, mes musiques, mes cigarettes, si je lui avais décrit tout ce temps passé à l'aimer en solitaire, à y croire, à infuser dans l'air un goût d'espoir, à parler aux pigeons et à me tordre dans la nuit, il ne m'aurait pas crue.

Bien sûr, il pilotait mon désir. Combien de fois m'a-t-il proposé un café ou un déjeuner qu'il n'a pas honoré, combien d'heures ai-je passées à attendre sous la pluie ? Il ne présentait jamais d'excuses. Je retournais dans son bar et il lançait *Porcelain*, la musique retentissait et Luc se marrait. Il jouait avec mes nerfs. Ma colère disparaissait vite, jugulée par mon désir. Chaque nuit, je me réveillais torturée par l'idée de son corps sur le mien, nos ventres collés. Cette obsession des ventres ne me quittait pas. J'aurais tué pour une nuit avec lui.

La fin de l'année approchait. Le soir de Noël, il a essayé de m'appeler. J'étais en famille. Peut-être devinait-il que je ne pourrais pas lui répondre. Désolée, je le rappellerais le lendemain. Je ne l'ai pas fait, il ne m'a pas souhaité la bonne année une semaine plus tard. Ni ma fête, rien. Je ne comprenais pas, moi qui jusque-là n'avais jamais croisé d'homme aussi galant, capable de me tenir la porte, de remuer le sucre dans mon café et de poser un plaid sur mes genoux. J'avais dû être maladroite, je l'avais blessé ou déçu, il devait penser que j'étais nymphomane ou manipulatrice, j'aurais préféré l'être. Je devais lui faire peur, je n'étais pas une bonne idée. Il disparaissait du livre alors que l'histoire n'avait pas commencé.

18

L'adultère est prohibé, considéré comme la pire des trahisons, un point de non-retour. Entre ses syllabes résonnent mensonge, chair, maladies. Pourtant, est-il vraiment le pire crime que l'on puisse commettre ?

Il y a mille façons de fuir, surtout pour une mère de famille.

Je suis à la piscine municipale, c'est l'été et j'observe cette femme qui s'installe dans l'herbe avec son mari, ses enfants et une glacière. Il fait une chaleur étouffante, l'herbe lui pique les fesses, les enfants courent partout, elle ne parvient pas à les canaliser, l'aîné tombe, le bébé hurle, son mari l'aide ou ne l'aide pas, peu importe car seul subsiste ce constat amer : à ce moment précis, la vie de cette femme n'a aucun sens. Elle ne s'allonge pas au soleil, elle ne lit pas de livre, ne se baigne pas. À la place, elle enduit de crème des enfants et leur ordonne d'arrêter de crier. Parce que cette journée ressemble à celle d'hier et à celle de demain, elle sort de sa glacière un premier paquet de gâteaux et une bouteille d'Oasis. Puis un paquet de chips. Un deuxième. Concentrée à mastiquer, elle recouvre son calme. Cette femme est obèse, peut-être depuis la naissance de son dernier bébé. Ses enfants la sollicitent et elle leur sourit, le regard tendre mais vide. Elle décline l'invitation pour le toboggan. « Plus tard », dit-elle. Les enfants sont déçus. À la place, elle mange, elle ne déguste pas, elle ne prend pas de plaisir, elle mange en continu et le mari ne dit rien, il ne la regarde pas. Personne ne réagit. Que reprocher à cette femme, d'être grosse et de manger ? Non, personne n'osera. Tant qu'elle demeure à côté de ses enfants et qu'elle ne trompe pas son mari, personne ne lui fera aucune remarque. Certains diront même qu'elle est dévouée. Pourtant, cette mère a déserté, elle est en fuite. Je me sens proche d'elle. Je voudrais croiser son regard mais il est hagard.

Il y a les mères qui bouffent, boivent, prennent des médicaments.

Il y a les mères qui travaillent trop.

Celles qui pleurent le matin au réveil en se demandant pourquoi.

Il y a les mères qui cuisinent, cousent, rejoignent des associations, vont à la messe.

Celles qui courent frénétiquement dès l'aube.

Il y a celles qui postent six mille photos de leurs gamins.

Il y a celles qui ne font rien de tout ça et qui tombent malades.

Et puis il y a les mères qui trompent leur mari.

Les mères font ce qu'elles peuvent.

Les pères aussi.

Mon médecin traitant m'a prescrit des antidépresseurs. J'étais venue pour un rhume et je repartais avec du Seroplex. À la question « ça va en ce moment, vous dormez bien, vous jouez avec vos enfants ? », j'ai fondu en larmes. D'après lui, j'étais victime d'un épuisement maternel mal soigné, un *burn-out* parental. C'était un terme trop pompeux et pas assez poétique pour moi, une case trop grande dans laquelle je n'avais pas envie de flotter, j'étais d'une grande intolérance avec mes faiblesses et je me persuadais que je gérais la situation. Pourtant, tous les symptômes étaient là : angoisse du soir, incapacité de jouer, de faire à manger, d'organiser des activités ou de projeter des vacances, fuite permanente vers d'autres horizons, je subissais minute après minute ce temps où des petits êtres bruyants me volaient mon corps, mon intellect et ma sérénité. C'est difficile de se sentir rétrogradée, d'avoir œuvré toute sa vie pour errer dans les hautes sphères et d'être finalement assignée à demeure pour empiler des Lego. « Mais voyons, les mères aiment ça, normalement, c'est ça fonder une famille, la plupart des femmes y prennent du plaisir ! » s'indignait mon père quand je lui en parlais. « Il ne fallait pas en faire ! Tu penses à toutes tes amies qui ne connaissent pas la joie d'être mère ? » J'en déduisais que je n'étais pas une bonne mère, pas une mère normale. Je ne savais pas m'y prendre, trouver de la joie dans les petites choses, j'étais insatisfaite. Non, j'étais juste fatiguée. Cela faisait treize ans que j'étais maman, l'accumulation ne me permettait plus de respirer. Rien ne m'apaisait. Plus que tout au monde, je redoutais les week-ends et les vacances scolaires, j'esquivais les moments en famille, je m'inventais des activités. J'étais aussi tombée dans le piège fatal : en accord avec mon mari, j'avais arrêté de gagner de l'argent. Je travaillais toujours, je n'avais jamais eu autant de travail avec mon blog et mes livres, mais je ne gagnais rien en comparaison de mon mari qui satisfaisait tous nos besoins. Alors, par culpabilité inconsciente, je gérais seule l'intendance et la charge mentale du foyer.

J'étais d'accord avec mon médecin : non je n'allais pas bien ; oui j'étais malade, mais je ne parvenais pas à savoir si j'étais malade à cause des enfants ou à cause de Sandro. Je n'arrivais pas à savoir si j'aimais encore mon mari. Je ne devais plus l'aimer beaucoup, sinon je n'aurais pas été aussi malade. L'amour fou aide à supporter les enfants, on peut dîner sans échanger un mot puis d'un sourire complice évoquer ce moment où les enfants seront couchés. Non, rien ne me soulageait. Je couchais les enfants et je me sentais encore plus vide. J'avais beau tout essayer, rien n'égalait le plaisir que j'avais à penser à cet homme. Est arrivé le jour où j'ai cessé de lutter, et où j'ai décidé de ne faire que ça : penser à lui, lui écrire, envoyer des messages qu'il ne lisait pas, et s'il me « lâchait un vu », c'était qu'il était un peu avec moi. Dans ma fuite, je piétinais ma dignité. Je n'ai jamais pris les médicaments prescrits. Essayez de vous occuper de trois enfants en étant complètement sédatée, mission impossible. De surcroît, mon médecin m'avait annoncé que ça lisserait mes émotions, or je les aimais, mes émotions. Je ne voulais pas aller moins mal, et je tenais à maintenir intact l'éveil de mes sens pour le jour où il serait enfin dans mes bras. Car un jour nous serions ensemble, il ne pouvait en être autrement.

Pour être honnête, je n'ai jamais voulu qu'il disparaisse de ma vie, mon cœur n'a jamais essayé de l'éradiquer, toutes mes actions ont convergé dans l'unique but de le posséder. Je n'ai jamais tenté de sauver quoi que ce soit, sinon j'aurais peut-être réussi.

Pourquoi lui, c'est la question qu'il me posait et celle à laquelle je tente de répondre par l'écriture, je propose l'arborescence des hommes qui ont gravité autour de moi depuis l'enfance, je me convaincs d'un transfert masculin même si j'ai conscience qu'au fond je ne résoudrai rien, car la vie n'est pas là pour apporter des réponses mais seulement des expériences.

Un jeune homme est entré dans ma vie, et par son parfum, ses cheveux et ses répliques, m'a donné le prétexte idéal pour écrire sur tous mes pères. Peut-être ne suis-je amoureuse et obsédée que par l'idée même d'écrire, parce que la littérature est une véritable drogue à laquelle ses adeptes sont soumis jusqu'au trépas, parce que je fais partie des écrivains qui ne peuvent écrire qu'en pratiquant la réalité. La vie que j'avais construite manquait d'aspérités, je devais me brûler à nouveau et tout recommencer, tuer mon image de blogueuse et de mère parfaite pour créer un nouveau tableau. J'œuvrais pour la destruction de ma famille. C'était ma destinée. La seule grenade, c'était moi.

Qui aurait pu comprendre ma démarche ? J'avais tout. J'avais la famille, la maison et la terrasse en centre-ville. J'avais du temps libre pour ma passion, mes enfants et mon sport. Une grande bibliothèque et des dîners huppés. Je voyageais seule, je rencontrais des célébrités, mon mari me soutenait, emmenait les enfants à l'école le matin. Je dormais, j'écrivais, je lisais. Parfois le week-end, je partais. J'avais ce qu'on appelle une vie de rêve. L'équilibre et les paillettes. Sur le coup, il me semblait le mériter. *A posteriori*, c'était trop facile, je me serais perdue dans le confort. J'étais arrivée à un sommet et je repensais à Beigbeder : « La vie d'adulte, c'est construire des châteaux de sable et sauter dessus à pieds joints. »

Des amies remarquaient mon air mélancolique et mes toilettes raffinées, s'amusaient en blaguant à deviner l'identité de ce célèbre écrivain avec lequel je devais sûrement fricoter et parler littérature jusqu'à l'aube – comme s'il n'y avait que cette catégorie capable de nous apprendre la vie ! Elles m'imaginaient dans des colloques politiques faisant des œillades au premier cerveau qui passe. Le pire, c'est qu'elles trouvaient ça romanesque. Elles n'imaginaient pas une seule seconde que j'étais prête à renoncer à mon empire pour un coup de foudre, un viticulteur, barman, un gamin écorché qui avec seulement deux mains immenses et un regard plein d'espoir avait su me rendre folle. Je n'en avais rien à faire, moi, des quadragénaires qui s'écoutaient parler, de leur prétendue érudition, laquelle ne m'émouvait pas une seule seconde, ce que je voulais c'était entendre la colère, la fougue et l'envie naïve de vivre, je voulais des sentiments bruts, du réel, je voulais qu'on attrape mes tripes sans me parler ni même me toucher, je voulais sentir les fibrillations cardiaques de notre époque, son insouciance et ses idéaux, je voulais écouter du rap opaque dans des bras déraisonnables.

19

Avec mon frère, j'acceptais de tout écouter. Du jazz, du rap, de la musique classique, de la techno. Mon frère est pianiste. Il exerce sûrement une autre profession pour gagner sa vie comme tout le monde mais je ne saurais dire laquelle. Mon frère est pianiste car c'est en posant les doigts sur son clavier qu'il oublie son nom, c'est en chantant à tue-tête que ses yeux se ferment. Son piano noir le grise puis le blanchit de ses inquiétudes, avec son piano tout devient possible. Ses notes sont mes mots, la Terre ne s'arrêtera pas de tourner tant qu'il joue et que j'écris. Je ne sais pas pourquoi notre mission de vie a été si facile à trouver, pour mon frère et moi, c'est une chance folle, un privilège, d'avoir un don ou une passion. J'ignore également pourquoi nous avons quitté notre ville de naissance, pourquoi nous nous sommes réfugiés dans un endroit ouaté, loin des nôtres et des grandes villes, du bruit et des souvenirs, lui en Belgique, moi en Bourgogne. L'intention n'était pas tant de fuir nos parents que de prendre du recul par rapport à leur existence, de former géographiquement un triangle plus impressionnant, comme si nous avions besoin d'être loin pour nous aimer, à travers le manque et l'absence.

Notre socle, c'est le souvenir de notre enfance passée en parfaite autarcie, des confidences échangées en comptant les raviolis qui remontaient à la surface de l'eau bouillante. Nous ne savions pas, alors, à quel point ces moments nous soudaient. Je l'imagine là-bas, en Belgique, et sans lui téléphoner je sais qu'il est heureux, tant qu'il joue du piano. Nous avons tous deux trouvé le moyen de ne jamais être totalement tristes. Nous sommes faits du même bois, taillés de solitude et de musique, peu importent les êtres qui gravitent autour de nous. Notre passion nous a sauvés du chaos, du divorce de nos parents. Nous l'avons compris très tôt, personne ne viendrait combler le vide, aucun prince ni princesse, même pas pour nos beaux yeux bleus.

Quand j'étais petite, mon frère n'était pas un adolescent, il n'était pas un amoureux, il n'était pas le copain de, il n'était pas punk, il n'était ni défoncé ni obsédé, il était juste chanteur pour moi car il n'y a rien de plus accaparant qu'une petite sœur. Il ne m'a jamais refusé un morceau. Il pouvait jouer en boucle *Be Bop a Lula* pour me satisfaire. Quelquefois, il me tendait une feuille avec des paroles imprimées dessus et je m'efforçais d'être la meilleure interprète possible. Je mesurais sa patience, j'avais huit ans et une oreille relative. *Allez Ariane, on reprend : « Vivo per lei, da quando sai »*, morceau qu'on servait au repas de Noël : papy tapait dans les mains, mamie versait quelques larmes et les mâchoires de Lolo tremblaient d'émotion. Si papa passait à l'apéro boire un verre avec nous, il en demandait une deuxième, et une troisième. Maman rayonnait et chantait derrière nous. Nous formions un duo incomparable, nous débordions de fierté. Hautains, main dans la main dans la rue, nous n'avions rien à voir avec les autres fratries, les autres ne pouvaient connaître une telle fusion de blagues et tendresse. Nous nous sommes toujours placés au-dessus.

Mon frère avait des petites amies, ça arrivait. Il me racontait tout, je l'écoutais avidement. Je le partageais sans aucune crainte ni jalousie, simplement parce que je savais qu'il n'aurait pas pu se marrer autant avec une autre. Même quand sa blonde est venue cohabiter chez nous et partager nos raviolis, je n'ai pas tremblé. Notre amour ne souffrait aucune comparaison, la relation avec mon frère est plus stable qu'avec n'importe quel autre homme de ma famille ou n'importe laquelle de mes relations passées.

Aujourd'hui pourtant, il est loin. Il évolue quelque part sans moi, dans un quotidien dont j'ignore tout. Je n'ai pas été préparée à son départ soudain, peu après celui de Lolo. Pour ma mère et moi, c'était rude, cette vie sans homme, d'un seul coup. Je n'avais pas anticipé que mon frère prendrait un appartement quand il en aurait l'âge. Je n'ai pas compris qu'une page se tournait, n'avait-on pas toute la vie pour regarder des films et transformer Noël en festival ? Mon frère reviendrait après la blonde, forcément, et on reprendrait là où nous en étions restés, comme on jure à vingt ans que la fête ne s'arrêtera jamais, que notre bande d'amis sera toujours la même, que le champagne coulera à flots sur nos corps souples... Je n'avais pas pensé qu'il ferait des enfants, encore moins que j'en ferais avant lui, que rien ne serait plus jamais comme avant parce que tout change, inexorablement, le monde n'a plus jamais la même saveur, la même euphorie ni la même innocence, je n'avais pas prévu notre séparation définitive, que plus jamais je ne vivrais avec lui, plus jamais je ne l'entendrais chanter le matin, le soir, et quand ça arriverait, si peu, au hasard d'un baptême ou d'un enterrement, je me battrais pour que la terre entière soit attentive, « écoutez-le c'est mon frère, c'est le meilleur pianiste que vous ayez jamais rencontré », mon virtuose, mon sang, écoutez comme il chante bien et comme sa voix vibre, oui oui il a ce timbre rauque depuis tout petit, il n'a jamais mué, déjà à six ans il chantait *L'Italiano* depuis le balcon en Italie, papy Jacquy racontait cette anecdote en boucle, alors *lasciatelo cantare* et écoutez-le, bon sang, oui je l'avoue j'ai acheté un piano uniquement pour lui, il prend la poussière toute l'année mais s'égaie une fois par an quand mon frère passe en revenant de vacances, écoutez-le je vous dis, écoutez-le à ma place, je suis bien trop occupée à le filmer, écoutez-le je vous dis, ne comprenez-vous pas que je capture notre passé, et tant pis si demain mon téléphone joue un air différent de mes souvenirs, une légère frustration m'envahira et je la ferai taire. Surtout ne m'empêchez pas d'y croire, le piano de notre enfance est accordé pour toujours.

20

Un jour, Lolo m'a pendue par-dessus le balcon. Il a d'abord posé sa clope fumante dans le cendrier, ses deux énormes biceps ont accroché les miens et il m'a soulevée dans les airs. Je riais, inconsciente, je me croyais à la fête foraine. Il m'a fait basculer et il a attrapé mes chevilles. Il s'est déplacé dans la cuisine et m'a suspendue par la fenêtre. J'avais la tête en bas, je regardais le vide et le bitume trois étages plus bas, je feignais la panique, « arrête, s'il te plaît, Lolo ! ». À aucun moment je n'ai eu peur. On jouait. Ça n'a pas duré très longtemps, il m'a reposée sur le carrelage de la cuisine, le sourire aux lèvres, puis il a repris sa cigarette. Il n'avait pas prononcé un mot.

Nous passions souvent nos après-midi ensemble quand maman travaillait. Il regardait la télé ou il bidouillait l'ordinateur. Il installait des logiciels, il programmait, codait. Maman aimait dire aux gens qu'il était *autodidacte*. Et moi, comme je m'ennuyais, je le prenais pour ma poupée. Je le maquillais, le déguisais. Lui, stoïque et imperturbable, vaquait à ses occupations. Le temps d'une après-midi il finissait habillé en femme. Rouge à lèvres, mascara, frous-frous, je le photographiais. Il râlait un peu lorsqu'il fallait se démaquiller, mais dans l'ensemble il se laissait faire. Parfois, pour le faire réagir, je le chatouillais, me plaçais devant le téléviseur ou débranchais carrément l'ordinateur. Je pouvais aussi faire sauter les plombs pour que Lolo cesse de jouer sur la console et s'occupe de moi. C'était un deuxième grand frère, en somme. Quand il faisait sa boule sur le côté, j'arrêtais net. Le jour où il m'a suspendue à la fenêtre, j'avais dû abuser de sa patience.

L'été dernier, ma fille aînée s'est amusée à chatouiller mon mari dans la piscine. Il a ri une fois, deux fois, puis il s'est éloigné. Ma fille est revenue à la charge. Il s'est encore laissé chatouiller quelques instants avant de s'énerver pour de bon. Je m'occupais de mon nouveau-né et je n'avais pas eu la force de m'interposer ni de faire les gros yeux à ma fille. L'ambiance s'alourdissait et je les laissais se débrouiller. Finalement, il l'a plaquée dans l'herbe en lui tordant légèrement le poignet et ma fille a pleuré un peu. Ma mère est arrivée et je lui ai expliqué le litige, il n'y avait rien de grave.

Ma mère a soupiré :

— Ça me fait penser à toi et Lolo. C'est pour ça qu'il m'a quittée, tu passais tes journées à l'embêter, il en a eu marre.

Je ne sais pas si elle a mesuré le poids de ses paroles ou si elle a pensé ces mots à haute voix pour se rassurer elle-même. Je n'avais jamais soupçonné que les hommes pouvaient partir à cause des enfants qui n'étaient pas les leurs, et ma mère venait d'instiller le doute.

Les parents de Lolo habitaient toujours dans le Sud, près de Toulon, et ont toujours catégoriquement refusé de rencontrer ma mère. Une mère divorcée, de dix ans son aînée, non, ils souhaitaient davantage d'innocence pour leur fils ingénieur. Pas une fois en sept ans elle n'a pu les rencontrer. Il partait quelquefois les week-ends pour leur rendre visite, et quand il rentrait le dimanche un certain froid soufflait dans l'appartement.

Maman avait eu envie d'un enfant avec Lolo. Jamais elle ne s'était sentie aussi bien avec un homme et son amour tendre ravivait son désir de procréation. Mais pour Lolo, même s'il ne le disait pas clairement, c'était hors de question, il n'aurait pas procréé avec maman sans l'aval de ses parents.

A contrario, mes grands-parents avaient toujours accueilli Lolo avec leur simplicité naturelle. *Le grand* était le bienvenu, invité à boire un petit pastis dans le garage de papy, pièce dans laquelle il s'était confortablement établi avec ses chiens, sa télévision et son frigo. Il l'avait tout de suite adopté, *le grand blanc* était beaucoup plus sympathique que *l'autre con* – papy avait le sens de la synthèse.

Finalement, maman n'a pas eu d'enfant avec Lolo, ni avec aucun autre homme que mon père. Elle a eu des envies d'adoption, dix ans plus tard, en revenant d'un voyage en Martinique avec Philippe, son nouveau conjoint. Elle voulait tester notre réaction, à mon frère et à moi, et elle fut déçue de constater que la nouvelle ne suscitait aucune réaction particulière. « Pourquoi pas, si vous voulez » avions-nous répondu docilement. Des pères, des frères ou des sœurs, on acceptait tout. Puis maman a quitté Philippe et a renoncé au projet d'adoption.

21

Nous sommes passés en 2020, l'année où l'humanité a cessé de se toucher. Celle où on ne pouvait même pas changer de ville ou de pays pour espérer une vie meilleure. L'année où toute fuite était impossible.

C'est un matin gris de janvier. Je ne sais pas encore que je suis prisonnière de ma folie. Je me réveille soulagée d'un cauchemar qui ne nécessite pas d'analyse freudienne. J'ai rêvé que des vers sortaient de tous mes orifices. De mes fesses, de ma bouche principalement. J'ai le souvenir d'être rassurée par leur quasi-immobilité ; je me persuade que ces petits cônes blancs et côtelés étaient forcément autre chose que des vers s'ils ne bougeaient plus. Je ferme les yeux sur l'horreur et le dégoût, je n'ose plus me regarder en face. J'ai en moi cet espoir vain, que le ver ne soit plus dans le fruit.

Mais je ne pense qu'à toi. Je pourrais faire des photos, des gâteaux, préparer un joli déjeuner en famille, et pourtant je me liquéfie. Quelque chose sature en moi, je fais une crise de manque. Je suis incapable de me concentrer sur quoi que ce soit, ma nervosité est à son comble. Je t'envoie une vidéo de moi au piano que tu ne reçois pas. Je te l'envoie à nouveau et tu réponds poliment, sans plus, tu ne me proposes rien. Cela fait une semaine que je répète ce morceau jour et nuit, cet air sur lequel nous avons fait l'amour ensemble, cela fait une semaine que je m'entraîne et ça n'a servi à rien. Je ne sais soudainement plus quoi faire de mes doigts. Tu ne réponds déjà plus. Tu ne m'aimes plus, tu es en train de m'oublier. Pire, tu t'habitues à mon absence, tu vas disparaître toi aussi. Cette idée me laisse un goût amer de mort, et, prise d'un vertige indomptable, je me mets à trembler. Je voudrais que quelqu'un m'assomme. Alors je bois. Je commence à 16 heures, par un Get. J'installe mes filles devant la télévision, une en bas, une en haut. Le bébé au lit. Je ne les lave pas, je ne joue pas avec eux, c'est au-dessus de mes forces. Le simple fait de rester dans cette maison et d'y faire acte de présence relève de l'exploit. À 18 heures, j'ouvre une bouteille de rouge, que je cache derrière la chaudière pour la prochaine fois où je voudrai m'effacer du monde. J'erre dans les pièces sans bruit et ton absence est si lourde que je songe à m'évanouir. Mes enfants le devinent et se taisent, ne demandent rien, j'ai honte d'être leur mère. Plus le temps passe, moins je le suis et plus je le cache. Depuis quelques mois, je masque tous les signes de la maternité, je ne poste plus aucune photo évoquant mon univers de couches et de compotes. Je maigris dangereusement. Je ne prends plus la poussette, je ne leur achète plus d'habits, plus de jeux, je fuis les mamans après l'école. Je ne vais jamais les chercher le midi ni à 16 heures, j'attends la fin de la garderie. Je ne veux plus être une mère, juste une femme dans tes bras. Soudain, vers 19 heures, quelque chose en moi se rompt. C'est trop tard, je le sais, je suis infectée par les vers. Ce soir, je vais venir te voir.

Dès qu'il rentre, vers 20 heures, je préviens mon mari : je sors. Il fronce les sourcils et ne répond rien. Je paierai cette lubie plus tard, pendant plusieurs jours, qu'importe. Il faut que je parte.

J'enfile mon manteau et je cours dans la rue. Dans le bar à côté du tien, j'aperçois une amie, elle devient immédiatement mon alibi.

Tu m'as vue. Tu débarques dans le bar sans chercher à me saluer. Tu dis simplement au patron de mettre toutes mes consommations sur ta note. Tu repars sans me regarder.

Je ne commande rien. J'attends une demi-heure et je me pointe à ton comptoir.

— Je viens chez toi parce qu'à côté ils n'ont pas de champagne.

Tu ne réponds pas. Tu sors un seau que tu remplis de glace. Tu y plonges une bouteille de champagne et tu poses deux coupes sur une table haute. Tu tires un tabouret vers l'arrière pour que je m'y installe. Tu t'empares de la bouteille et ôtes le bouchon sans aucun bruit, un peu de fumée s'en échappe. Avec une serviette blanche, tu essuies délicatement la mousse. Tu remplis nos verres et tu m'embrasses devant tout le monde.

— Oui on s'affiche. T'es ma gonz ce soir. *Salute* !

Je ne relève pas. Je suis là où il faut être.

— Qu'est-ce que tu veux, Ariane ?

— Je voudrais juste être un beau voyage dans ta vie.

— Mais tu l'es déjà. C'est juste que je ne veux pas être ton amant.

Tu attrapes un deuxième tabouret et t'assois en face de moi. La tête penchée en avant et les yeux grands ouverts, un index pointé vers mon visage, d'une voix encore plus grave que d'habitude, tu déclares :

— Écoute-moi bien : je veux tout ou rien. Tu ne seras ni une envie, ni un caprice, encore moins un trophée, je veux que tu sois ma femme.

Je déglutis. Tu ajoutes abruptement que tu ne fais jamais l'amour avec les filles comme tu me l'as fait à moi. Les autres, tu les salis.

— On salit les filles quand on ne sait pas les faire jouir, je te réponds doucement.

— Mais je sais faire jouir les filles, ajoutes-tu en te levant, agacé.

— Je ne demande qu'à voir.

Tu plisses les yeux sans répondre. J'ajoute :

— Ou à t'apprendre.

Tu m'embrasses sur la bouche insolemment, pour me faire taire.

Peut-être que la table d'à côté nous a vus, je m'en moque. La ceinture de ma jupe est défaite, je te demande de refaire le nœud dans mon dos. Debout derrière moi, tu saisis la lanière en cuir et tu la serres autour de ma taille de toutes tes forces. Tu te colles contre mes fesses et je sens ton souffle dans ma nuque.

Tu m'embrasses encore plus fort.

— Mais il est moins beau que ton mari ! s'étonne mon amie. Elle me cherchait et nous a surpris en entrant.

C'est marrant, je pense alors, ce rapport à la beauté. Si mon mari est beau, je n'ai pas besoin d'un autre. C'est la première chose que tu as mentionnée aussi, la beauté de mon mari : « N'as-tu pas un homme superbe dans ta vie ? » Comme si la beauté emportait tout. Comme si ce critère balayait le reste, alors que l'on pourrait objecter un tas d'autres critères, mon mari n'est pas seulement beau, il est drôle, il est responsable, il est organisé, bricoleur, fidèle, bosseur, architecte, jardinier, sensuel, subtil, galant. Il a une peau incroyablement douce et un parfum délicat. C'est le meilleur coup de la planète, il n'a pas un bouton ni un poil inutile. Il s'habille avec raffinement et le problème est sans doute là, rien n'est jamais trop beau pour lui, même pas moi. Quand il a trompé son ex avec moi et qu'elle l'a appris, elle est venue me trouver et m'a balancé quelques phrases assassines. Je ne me souviens plus de la nature de ses insultes, seulement de sa conclusion. « Prends-le, de toute façon je m'en fous. Oui, il est beau. Ça pour être beau, il est beau. »

Alors oui, peut-être, tu es moins beau que mon mari. Moins athlétique, moins discret, moins sain, c'est évident. Mais la beauté n'a jamais nourri mon âme, ni mes démons. La beauté seule n'a jamais rendu heureux personne. Je le dis à mon amie, elle comprend. Elle se taira. Peu importe, au fond, je voudrais que quelque chose s'arrête. Qu'elle le dise, qu'elle le hurle à la terre entière. Ariane trompe son mari avec Sandro ! Qu'il l'apprenne et qu'il me tue. À mon amie, je lui parle des vers. Elle me rassure, d'après elle on est tous gâtés de l'intérieur, il ne faut pas culpabiliser. Elle me présente son frère et quelques amis artistes égarés du bar d'à côté. Elle s'en fout de mon amant au final, puisqu'on est tous infestés de vers blancs, minuscules et grouillants.

Ma tête se met à tourner très vite.

— Sandro, je vais rentrer.

— Tu as trop bu, chérie. Je te raccompagne.

Et tu laisses ton bar ouvert en me prenant par la main, Luc gérera.

Devant chez moi, dans ta voiture mal garée, je t'embrasse encore. Ma main est posée sur ton sexe qui gonfle à travers le tissu de ton pantalon, tu le libères, je m'en empare et quelques instants plus tard je n'ai jamais fait ça mais je t'avale avec ferveur pour leur montrer, aux vers dans mon ventre, de quoi je suis capable. Qu'ils se taisent et qu'ils crèvent, englués dans ton plaisir !

22

J'ai beau essayer de chercher, le premier souvenir qui me vient à l'esprit quand je pense à Lolo, c'est de l'entendre jouir avec ma mère. Ce n'est pas un souvenir glauque, je ne suis pas mal à l'aise quand j'en parle. Ils sont dans la chambre, il est tard, minuit je crois, ils s'autorisent à faire un peu de bruit, ils pensent que je suis endormie. J'entends claquer un peu, je ne sais pas trop ce que ça signifie à l'époque, mais je ne m'inquiète pas car le rythme est régulier. J'ai le cœur qui bat, je me sens en faute car je tends l'oreille malgré moi. Soudain j'entends un râle. Ce souvenir évoque une sexualité saine, heureuse, de deux personnes qui s'emboîtent et transpirent une chimie réussie. Lolo n'était pas plus bestial ni plus sexuel qu'un autre. Il était fou amoureux du corps de maman, il la contemplait avec envie. Que mon frère et moi rougissions ou détournions pudiquement le regard ne changeait rien, leur sexualité était présente, odorante, bruyante. Les sous-entendus fusaient, les œillades aussi. Maman était pleinement épanouie, elle avait trouvé un partenaire joueur, doué et sensuel. Leur couple était d'abord né d'une attirance physique plutôt que d'un partenariat pratique, ils avaient ensuite adapté leur âge et leur environnement pour satisfaire cette attirance.

Nous avons vécu six ans sous le même toit mais la liste de mes souvenirs avec Lolo est mince. Les mêmes images reviennent en boucle : la semaine, il m'emmène en voiture au collège, dans une Passat blanche ou grise que maman et moi trouvons démodée. Le soir, il vient me chercher à mon cours de natation synchronisée. Il ne me parle pas, ne me reproche rien, ne me fait jamais de longs discours. Le week-end, il traîne devant l'ordinateur en survêtement.

Au détour d'une conversation je demande à maman si elle pense à une anecdote en particulier. Je l'entends réfléchir au téléphone, puis rire nerveusement.

— Tu ne te souviens pas de l'épisode des vers ?

Je blanchis. La fameuse soirée remonte à seulement deux jours.

— Quels vers ? je demande.

— Tu sais bien, tu avais chopé des oxyures, je ne sais pas comment d'ailleurs, tu devais mal te laver les mains. Tu avais débarqué en pleine nuit dans notre chambre pour nous les montrer sur un gant de toilette, tu pleurais de terreur, et nous de dégoût. J'ai appelé le médecin de garde à deux heures du matin, puis Lolo est allé à la pharmacie pour te chercher du vermifuge. Le pauvre, tu lui auras vraiment tout fait !

J'avais donc vraiment vécu cela. Infestée de vers, j'avais dérangé l'intimité de ma mère et de Lolo. Aujourd'hui, ils étaient de retour, et je superposais ma sexualité à la leur. Mon rêve revenait, en écho, illustrer mes méfaits. Jamais je ne me suis sentie aussi lourde.

J'ai remercié ma mère pour cette anecdote peu reluisante, et j'ai raccroché poliment. C'était tout pour l'épisode souvenirs. Je n'en ai pas davantage avec les autres hommes que ma mère a rencontrés, alors pourquoi cet homme-là me manque-t-il plus que les autres ? À quoi joue l'inconscient ? Que retient-on d'un homme ou que veut-on en retenir ? Peut-être prenons-nous uniquement les éléments qui nous aident à nous construire et retenons-nous ce que les autres nous ont raconté. Ton grand-père était câlin, tendre, joyeux. Ton père travaillait trop, il aimait manger à heures fixes, ne pas philosopher pendant des heures, il a toujours fait l'autruche sur les sujets importants. Nous ne remettons pas en question les paroles d'une mère. Nous ancrons sélectivement des images éphémères que nous passerons une vie à retrouver ailleurs. Pourquoi une image précise plutôt qu'une autre ? Quand je pense à papy, il fume une Gauloise devant sa télé. Quant à papa, il apparaît systématiquement dans un restaurant tandis que mon frère sue dans sa chambre en comptant ses pompes. J'ai l'impression d'évoluer dans une galerie d'art, les tableaux sont figés, je n'ai pas le droit de les toucher.

Un soir, Sandro fumait en terrasse en me regardant, je venais de lui avouer, un peu saoule, que je ne pensais qu'à lui, et que ça ne servait à rien de lutter puisqu'un jour, nous finirions ensemble. Il a réfléchi et il a dit : « Que de chemin parcouru, Ariane, que de métiers, que de maris, pour finalement tomber sur moi ! »

Il ne mesurait pas son importance, comme j'aimais sa bonté, son humour, sa franchise. Il ne savait pas qu'il me guérissait d'une absence, car avant de le rencontrer, je rêvais beaucoup de Lolo, comme j'avais autrefois rêvé de mon amie disparue, et il m'arrivait souvent de pleurer le matin, en comprenant que je ne le reverrais plus. Je questionnais ma mère et le cherchais des heures sur les réseaux sociaux. Parfois, quand mon imagination vagabondait, je pensais le croiser au hasard d'un voyage ou d'une station-service. J'inventais un dialogue de retrouvailles, je voyais de l'émotion dans ses yeux. J'ai visité beaucoup de stations-service mais je ne l'ai jamais croisé.

Depuis Sandro, je n'y pense plus, j'ai rompu avec cet espoir de le retrouver un jour, vieilli, toujours aussi mutique, quelques veines sclérosées sur son nez blanc. Je préfère ne pas le revoir si c'est pour entendre que je ne lui ai jamais manqué. Depuis Sandro, je n'ai plus la crainte d'être déçue.

23

Depuis deux semaines je réclamais la veste que j'avais oubliée dans sa voiture le fameux soir. Il a fini par me la rapporter en bas de chez moi, le lieu du crime. Il est sorti de sa voiture, m'a saluée d'un ton sec en m'embrassant sur la bouche, puis il m'a tendu la veste en me priant de l'oublier. Il a tourné les talons et je suis restée debout, dans la rue, stupéfaite. Il m'avait donné rendez-vous pour me plaquer. J'ai passé l'après-midi à fumer en pleurant comme une gamine de douze ans et en écoutant *Porcelain.* J'étais consternée d'être aussi consternante. Les chagrins d'amour n'ont pas d'âge.

Un mois plus tard, le pays est entré en confinement.

J'avais imaginé qu'il viendrait me chercher à moto, mon mari aurait senti son parfum dans mon cou, il y aurait eu des portes claquées, des cris étouffés. J'avais tout imaginé, mais pas qu'une épidémie mondiale ou un confinement strict viendraient stopper net l'espoir que j'avais chaque matin de le voir et de l'embrasser. J'aurais préféré raconter une passion intemporelle, qu'elle ne s'inscrive dans aucun contexte. Il en a été autrement, nous avons vécu notre histoire dans l'Histoire. Nous nous sommes attendus deux mois, nous nous sommes revus masqués et ce jour-là nous n'avons pas pu nous sourire. Nous avons tremblé pour le couvre-feu, puis la deuxième vague. Moi aussi, je pourrai dire à mes petits-enfants que j'ai vécu une passion pendant la guerre, puisque le Président désignait ainsi la pandémie.

Au commencement du confinement, je suis libérée de l'attente. Je ne suis que philosophie. Mes enfants et mon mari ne me reconnaissent pas. Comme tous les Français, je fabrique mon pain et je cours une heure tous les matins. Je poste même des photos sur Instagram. Je redeviens celle que je voudrais encore être parfois, celle que la Toile croit connaître : une jeune femme gaie, inspirante. Je ne t'écris pas, tu ne m'écris pas. Voilà, cela prouve bien que nous n'avions rien à faire ensemble. Je parcours rapidement quelques photos de toi. C'est pour ce type que je me suis rendue folle ? Mais quelle cruche ! Tu n'étais rien, une lubie, un *sfizio*. Et dire que j'ai failli tout quitter pour toi. Quelle cruche, vraiment, passez-moi le sel s'il vous plaît. La pâte. Des gâteaux. Vite, au four. Quelle quiche !

À la fin de la première semaine, nous organisons un apéro entre voisins confinés, dans la cour de la copropriété. Chaque couple ou personne célibataire se positionne à deux mètres les uns des autres. En tout, nous sommes une dizaine. Comme chacun tient sa bouteille, j'enchaîne les verres de rosé, l'alcool monte vite et inévitablement, je t'envoie un message. Tu me demandes pourquoi je t'écris, ne serais-je pas confinée en famille ? Si, mais cela ne m'empêche pas de penser à toi. Comme je t'ai bloqué sur tous mes réseaux, tu m'ajoutes sur Snapchat, le seul que je n'ai pas.

Les jours suivants, tu m'envoies des snaps de toi avec tes chiens et tes chevaux. Tu leur parles, « c'est bien ma fille », « couché mon grand ». Toi sur ton tracteur, la clope au bec. Puis des selfies de toi torse nu, au réveil, au coucher, avant ou après la douche. Je les regarde le plus longtemps possible, le doigt posé sur l'écran, avant que la loi de l'éphémère ne les emporte. Je ne quitte pas des yeux ton Bitmoji géo-localisé. Avec le 3D satellite, je peux presque deviner où se situe ta chambre, le séjour. Tu es confiné avec tes parents. Il a fallu attendre un virus, ne plus avoir le droit de bouger pour que je connaisse ton adresse.

Le dixième jour, je suis en pleurs devant mon évier, je récure tout ce qui me tombe sous la main. Je sors avec la poussette sans attestation malgré le risque d'amende. Mon bébé hurle, jette sa tétine par terre, je n'ai rien pour désinfecter, c'est la dernière tétine, je regarde le ciel, et ton prénom que je hurle résonne dans la rue déserte.

À la fin du mois, un projet prend forme. Je vais m'en aller. Ce sera très simple. Je n'aurai qu'à partir. Simple comme bonjour. Je ferai comme tous ceux qui s'en vont, je lancerai nonchalamment un « je vais acheter du pain, je reviens dans cinq minutes ». Je générerai une fausse attestation et laisserai une lettre d'au revoir, « je ne vous abandonne pas, je pars quelques jours, deux semaines peut-être, pardon ». J'aurai préparé un sac de voyage dans le coffre de ma voiture. Je t'appellerai, « prends ton maillot de bain et n'en parle à personne, je t'attends devant chez toi ». Tu monteras dans ma voiture et on ne s'embrassera pas. Tu secoueras la tête, « t'es sûre, t'es vraiment sûre ? ». Je te demanderai de ne pas me poser de questions. Je voudrai te faire la surprise, tu devineras que je t'emmène à Nice et tu feras ton macho, « non, c'est moi qui conduis ». On fumera une clope sur une aire d'autoroute fermée pour décompresser, on s'embrassera enfin, plus tard on tombera en panne, on se fera arrêter par les flics, on n'arrivera jamais à Nice parce qu'on s'arrêtera avant, parce que le plaisir ne réside jamais dans la destination. On fera l'amour vraiment et j'écrirai notre roman.

Chaque jour du confinement, en descendant les poubelles où s'entrechoquaient les bouteilles vides, j'ai été tentée de ne jamais rentrer, et si je ne l'ai pas fait c'est uniquement parce que je n'avais pas d'autre endroit où aller. Nous ne sommes jamais allés à Nice. À la place, nous nous sommes écrit tous les jours en cachette, du matin au soir. Ces deux mois ont été notre plus grande relation épistolaire. Je recevais une photo de toi chaque matin, accompagnée d'un petit surnom affectueux, tu redevenais attentionné, je retrouvais cette première facette de toi que tu m'avais fait découvrir. Peut-être avais-tu une meilleure hygiène de vie, moins stressée, moins alcoolisée.

Je ne devinais que trop bien le milieu dans lequel tu évoluais d'habitude, je connaissais les couleurs et les tentations de la nuit. J'avais une petite idée de la façon dont tu les gérais : comme Beigbeder.

Défonce, *rehab*. Défonce, *rehab*. Vierge folle, vierge sage. Une dichotomie épuisante, un combat perpétuel entre tes deux facettes. La pudeur en société, celle du garçon bien élevé, du dandy charmeur, distribuant sa bonne humeur au tout-venant les jours de grand soleil. Un homme magnétique, de ceux qu'on attend, sans qui la fête ne peut pas commencer. Comme mon écrivain préféré, tu étais un dealer exceptionnel de joie, responsable du train qui ne cherche qu'à dérailler, le symbole des soirées qu'on ne peut raconter. Tu étais de ceux qui ne rentrent jamais avant minuit, ayant perdu leurs deux chaussures, leurs clés, leur tête. Joyeux luron oui, mais à condition de jouer au héros derrière des platines ou un bar, à condition d'être le roi, la vedette, l'Inoubliable. À l'écart et au centre à la fois. La démesure ou le néant, le géant ou l'absent. Fou de rendre les autres fous. J'étais tombée amoureuse d'un égoïste romantique, avide de trouver la femme qui le lasserait de la dangereuse nuit et de ses séduisants cristaux. Celle pour qui il renoncerait à ses addictions et cesserait enfin les questionnements interminables, ce bourdonnement mental éreintant. Il cherchait l'idéal féminin pour revenir à la source maternelle, goûter à la vodka amniotique, s'étouffer de la blanche virginité. En attendant de trouver cette femme, il fermait les yeux et buvait, gobait, pour annihiler ses sens, exacerber ses émotions, match nul entre l'ange et le démon.

Ainsi, nous avions commencé une relation secrète et à distance. Rien de très glorieux, mais au moins j'avais de ses nouvelles tous les jours ; cela me permettait de survivre au confinement avec deux enfants en bas âge.

Maman aussi avait appris à entretenir une relation à distance avec Lolo. Il avait fini par être engagé dans une boîte sérieuse, pour un poste d'ingénieur à sa hauteur, à condition qu'il accepte d'être souvent muté. Quand on lui a proposé un contrat d'un an en Martinique, maman s'est décollé tous les ongles avant de conclure : « Je viendrai te voir. »

Nous recevions des cartes postales de Lolo toutes les semaines et des cadeaux dans la boîte aux lettres. Maman est partie plusieurs fois, nous laissant chez papa ou chez mamie, Lolo lui manquait terriblement. Je repense aux outils de communication des amants de l'époque, jonglant avec la Poste et une connexion Internet aléatoire. Pour s'envoyer un *nude* ou une vidéo, il fallait d'abord acheter une pellicule ou acquérir un caméscope, puis affronter le regard de l'imprimeur. Prier ensuite pour que le colis arrive. L'objet du désir n'en était que plus excitant. Maman revenait de ses séjours plus bronzée que jamais, nous dînions sur des sets de table plastifiés, représentant un arbre du voyageur, des plages de sable fin ou encore des fleurs rose bonbon ressemblant à des sexes masculins en érection. Tout cet exotisme nous dépassait un peu, mon frère et moi, mais nous comprenions notre mère sans jamais lui reprocher ses escapades. Quand Lolo est revenu au bout d'un an, je me souviens d'un grand moment de fête. L'émotion était palpable. Il n'arrêtait plus d'appuyer sur le Piou-Piou de la cuisine pour exprimer son contentement.

Il a profité de ses deux mois de vacances à la maison avant d'être muté à Belfort. Une ville nettement moins colorée, mais offrant un poste intéressant. « À Belfort, les femmes sont belles, les hommes sont forts ! » scandait Lolo sans bégayer.

Soit il rentrait les week-ends, soit maman le rejoignait ; parfois je l'accompagnais si personne n'était disponible pour me garder. J'avais déjà quatorze ans et je fumais en cachette sur le balcon de l'appartement de Lolo lorsqu'ils regardaient la télévision. Maman m'y a surprise un soir. Après un profond soupir, elle m'a autorisée à fumer avec eux. Elle n'en parlerait pas à papa. Elle ne jouait pas la carte de la maman cool, simplement elle détestait l'hypocrisie. En outre, c'était une façon de surveiller ma consommation. Lolo n'avait pas donné son avis, il respectait l'éducation que maman me donnait. J'ai trouvé mes cigarettes moins bonnes.

24

Le jour où mon mari s'est mis à la guitare, j'ai compris que c'était fini entre nous. Ce premier morceau de guitare, ces quatre accords répétitifs joués comme on brosse un cheval – vlam, vlam, et... vlam, vlam – ou comme si l'on secouait des vêtements fraîchement essorés, ces quatre accords arrangés par un prof aussi vénal qu'incompétent, ces quatre accords imitant ceux d'Oasis ou de Cabrel – petite pause dans le geste, clin d'œil, *tu reconnais chérie, hein, tu reconnais* –, ces quatre accords m'ont furieusement donné envie de porter des boules Quiès jour et nuit et de partir d'ici. Il est étonnant de constater à quel point on tolère les premières cordes grinçantes des violons de nos enfants alors qu'on a du mal à supporter un seul accord de l'être aimé – « T'aurais pas vu mon médiator, il était posé sur le meuble de l'entrée ? ».

Dans sa façon de jouer, j'ai lu notre échec, sa rigueur permanente, l'absence de la légèreté dont j'avais besoin. Il grattait sa guitare comme il conduisait sa voiture : régulateur de vitesse, toit ouvrant. Un peu de ciel, mais pas trop. L'envie d'avoir envie, *do sol fa mi*. Il jouait comme il m'avait aimée, en attendant le prochain cours de solfège, en se disant que dans quelques années ce serait beau, même si les premières notes m'écorchaient. Il était du genre prudent. D'abord le PACS après on verra. Tout était comme ça. Moi, j'aurais préféré qu'il joue faux mais qu'il y croie, qu'il marque une pause avant la note, qu'il ne l'attaque pas aussi abruptement, j'aurais voulu que la corde vibre plus longtemps, j'aurais aimé que ses morceaux soient imparfaits mais mélodieux.

Plus il jouait, plus les mauvais souvenirs affluaient. Ce qui m'agaçait par-dessus tout, c'était qu'il fasse comme son frère. Les études, l'installation en Bourgogne, et à présent la guitare. Mon mari suivait ses traces alors qu'au fond il ne cherchait qu'à s'émanciper, à se différencier de son aîné adulé. Abel et Caïn, l'éternel duel, l'orgueil originel, source de ses névroses et de nos différends. Mon mari retenait en lui la hargne, la jalousie, l'envie. Chaque fois que la vie le confrontait à une situation de comparaison, mon mari retournait à la case départ, plongeant pour plusieurs jours dans un mutisme féroce que je subissais avec amertume. Longtemps je m'étais donné pour mission de l'aider à se libérer de sa colère. La guitare signait mon impuissance et confirmait mes craintes : jamais je n'y parviendrais. Je l'aimais encore mais je ne trouvais plus la force de l'aider.

Dans cette cacophonie du dimanche matin, entre les « vlam » et les « ding », les cris des enfants, le froid et ma solitude, je prenais un livre que je ne parvenais pas à lire et j'attendais le lendemain. Le confinement n'était qu'une succession de dimanches. Je n'en voyais pas la fin ; pour me calmer je continuais à courir chaque matin et à m'alcooliser chaque soir. Entre les deux, je regardais ma famille évoluer dans la maison, j'essayais tant bien que mal de me fondre dans le décor. Je regardais mon mari rôder autour de cette fichue guitare, redoutant le moment où il allait s'en servir.

J'étais triste de ne pas réussir à l'admirer, de ne plus lui appartenir. Un jour, il avait eu le malheur de lâcher mon regard comme on lâche la main d'un enfant.

25

Le pays était enfin libre, déconfiné. Cela faisait deux mois que nous nous promettions de nous voir, et au moment où c'était enfin possible, tu as cessé de m'écrire.

Le soir de mon anniversaire, j'ai reçu des cadeaux de la part de mon mari et de mes enfants, un beau dîner au champagne. On a fait des photos, je portais pour l'occasion mon masque de joie. Je n'attendais qu'une seule chose depuis le matin, un message de toi, et il n'arrivait pas. Tu savais pourtant que c'était mon anniversaire, sur la map de Snapchat mon Bitmoji était paré d'un chapeau festif. Nageant dans mon désespoir, j'ai fini par te demander à 22 heures pourquoi tu ne me le souhaitais pas.

— Oh, pardon Princesse, j'ai oublié ! J'espère que je suis le seul…

Piquée par ta méchanceté, je t'ai suggéré d'arrêter de me torturer et de trouver une fille qui supporte tes sautes d'humeur.

Tu m'as alors bloquée de ce dernier réseau social après m'avoir traitée de mangeuse d'hommes. Et bon anniversaire ma grande !

J'avais tellement mal au cœur que je m'étonnais d'être encore en vie. À côté de la haine que j'avais pour lui, j'éprouvais une peine immense pour notre éventuel futur, je ne savais que trop bien comment la situation se retournerait un jour. Les hommes qui me rejettent et le regrettent, c'est ma grande affaire. Ça se passe toujours exactement dans le même ordre :

Je les aime à en crever et je vends mon âme au diable pour eux.

Ils me déçoivent mais j'encaisse, je persiste et signe.

Quelques années plus tard, ils mordent la poussière.

La déception.

Toujours la même.

C'est ce qui était en train de se passer avec mon mari. Bien sûr qu'il m'avait déçue. Il payait les cinq années pendant lesquelles il m'avait fait pleurer nue sur le parquet de notre chambre.

Juste avant de rencontrer Sandro, j'avais essayé d'écrire un deuxième roman sur le *dédésir.* Ce mot inventé ne plaisait à personne sauf à moi. Je voulais écrire sur la perte de ce sentiment charnel que m'avait fait subir mon mari pendant cinq ans. Un jour, il avait cessé de me désirer, j'étais devenue transparente. Pire, quand je m'approchais, il soufflait d'exaspération. « Tu pues le cul. » Et il riait d'un air gêné. Il m'appelait par mon prénom, restait des heures devant la télé sans montrer le moindre signe d'intérêt à mon égard. Ce n'était pas du désamour, puisqu'il parlait de temps à autre maison et enfants, mais plutôt du désintérêt sexuel, charnel. Pas de contact, pas de mots doux. Cinq longues années à ne pas sentir son regard sur moi. Combien de fois, n'y tenant plus, lui ai-je proposé de le payer ? Cinq ans sans aucune dignité, à supplier nos ébats, pourtant réussis quand ils survenaient, « allez, c'est bon, déshabille-toi », après lesquels je le remerciais en pleurant. Cinq ans à gigoter nue dans un lit vide. À attendre qu'il m'honore, me dévore avec fièvre. Cinq années de stratagèmes, de planifications ratées, de pleurs, de frustration. De honte aussi, rares sont les femmes qui connaissent ce genre de problème. Je n'en parlais à personne. Chez nous, tout avait été inversé à cause d'une erreur de ma part et d'une rancœur de la sienne.

Aux débuts de notre histoire, mon mari avait joué à l'amant d'Anna Karénine, du genre à se dérober quand Anna est enfin libre, fille-mère lui ramenant son passé et sa culpabilité en plein visage. Il n'avait pas supporté d'être le remplaçant de mon premier mari. En réalité, il ne savait être qu'un amant. Romanesque et mystérieux. Quitte ton mari et nous aurons la plus belle vie au monde, répétait-il. Pauvre idiote, je l'ai écouté, nous nous sommes installés ensemble et il est devenu odieux et cruel. Il n'avait plus rien à voir avec celui qui m'avait séduite dans l'ombre pendant plus d'un an. Il me coupait de mes amis, me faisait trembler de peur le soir, je le traitais de pervers narcissique. Ma fille aînée sanglotait dans son lit et son père nous épiait, klaxonnait devant notre appartement, l'ambiance était tendue et nous étions tous malheureux. Alors, un soir de désespoir, rongée par les remords, je suis partie chercher de l'aide et j'ai recouché avec mon premier mari, je n'en avais pas envie mais je n'avais que ça à lui offrir. C'était une erreur monumentale, la chair était triste, je suis partie à l'aube. Mon mari l'a appris et ne me l'a jamais pardonné. Il a fait un blocage sexuel, la pire punition qu'un amant peut vous administrer.

Un mari qui ne vous fait pas l'amour, c'est une violence sourde. Vous vivez auprès d'un homme agréable, organisé et courtois, et pourtant cet homme ne vous déshabille pas, ne vous secoue pas, ne vous caresse pas les hanches, ne vous pince pas les fesses en passant près de vous. Cet homme ne vient jamais vers vous inutilement. De surcroît, cet homme a toujours un tas de choses passionnantes à raconter dont vous n'avez strictement rien à foutre. Cet homme ne cherche pas à connaître la couleur de votre soutien-gorge et ne sort jamais sa verge pour vous la montrer en riant. Il ne pose pas votre main sur son érection matinale qu'il ne colle pas non plus contre vos fesses. Vous n'avez pas de traces de lui, votre peau n'est ni bleue ni rouge, à aucun endroit, votre dos n'est pas brûlé par la moquette ou le bord d'un lavabo, vous ne portez aucun stigmate d'une quelconque étreinte. Vous êtes indemne de sexe.

Cet homme s'adresse à vous aussi poliment qu'à son patron et ne peut admettre que vous vous en offusquiez. Le soir, ce tendre mari vous embrasse avec panache puis répète toujours le même mot gentil avant de s'endormir. C'est votre seul contact quotidien et vous devez vous en contenter. Parfois, vous réclamez un deuxième baiser, il vous l'offre, bien sûr, et ses lèvres sont si désincarnées que vous n'en réclamez pas un supplémentaire.

Puis votre mari s'endort et votre guerre contre le silence commence. Ce silence dans la nuit est une paralysie de l'âme, un cri étouffé dans un oreiller, une lutte contre le néant. Il n'y a rien de pire que le rien. Ce silence pesant est une gifle à chaque instant, une cacophonie martyrisante. On condamne la violence physique sans penser aux existences mises en sourdine, aux sous-titres des corps muets. Le rien n'est pas vivable. Personne n'est venu sur Terre pour supporter le vide, le feu n'a pas été découvert avec la politesse et vous pourriez en mourir. Alors vous hurlez. Vous criez à l'aide.

Ces cinq années sans amour ni désir de l'homme aimé m'ont forcée à me révéler, à ne trouver la joie qu'en moi-même à défaut de la partager avec lui. J'ai plongé dans les livres, je me suis noyée dans les mots. Ces cinq années ont fait de moi une femme indestructible, une écrivaine, autrement dit, un monstre.

J'ai commencé par un blog et ça a libéré mon corps, ma tête jouissait à la place. Je n'attendais plus mon mari à 14 heures le dimanche, en vain, nue sur le lit. J'avalais des romans comme une boulimique, puis j'en débattais avec des gens passionnés. Les auteurs et éditeurs m'écrivaient, je me sentais à ma place. Mon mari s'apaisait et son blocage s'effaçait au fil des ans, jusqu'au jour où il m'a demandé si je voulais être la mère de ses enfants. J'ai accepté, je n'avais jamais remis en question mon amour pour lui. Dévote, je lui appartenais, et je lui appartiens toujours. Je me souviens de cette période comme d'un immense bonheur, un voyage sur la côte amalfitaine, un nouveau-né adorable, une fille aînée déjà autonome, moi passant mes journées à lire et à écrire, un mari soutenant mes projets. Il m'a alors proposé d'arrêter mon métier pour satisfaire ma passion. J'ai lu, écrit, voyagé à Paris des centaines de fois, le blog m'offrait mille perspectives. Tous les matins, je me levais en pleine forme, ma vie était un conte de fées et il me semblait que je le méritais bien. Parfois, en l'avouant à mes proches, je pleurais pourtant un peu, « je sais qu'un jour tout ce bonheur s'arrêtera, car ce n'est pas possible d'être heureux autant toute la vie ». Je pensais que quelqu'un me volerait ce bonheur, je n'avais pas prévu que ce serait moi.

Je profitais de cette joie sans toutefois parvenir à oublier la sale période ; mon mari avait piétiné ma féminité, j'étais traumatisée, je ne savais plus donner de l'affection spontanément, je m'étais construit une bulle, un empire de papier et de likes. J'avais besoin de l'exorciser sous forme d'une fiction. Après mon premier roman, j'ai écrit un deuxième texte. *Le Dédésir* était un conte d'anticipation, la genèse d'une Narcisse moderne, oubliée par son homme et tentant de ressusciter à travers son image, notamment le regard d'un chirurgien esthétique. Je parlais de la disparition du toucher, de la dématérialisation de la chair. De la transformation du désir, en quelque sorte. Et puis l'épidémie est arrivée, volant mon sujet. Sandro avait déjà effacé mon mari. Le roman n'avait plus lieu d'être, mais j'ai quand même rédigé ce texte jusqu'au bout. Mon éditrice l'a nommé *Nude*, je l'ai imprimé, l'ai rangé soigneusement dans ma bibliothèque et puis j'ai écrit celui-ci.

26

Après Belfort, Lolo a été muté en Irlande. C'est le pays où ma mère, grande globe-trotteuse, n'ira jamais. En Irlande, il y a eu l'Irlandaise.

Maman l'a senti, elle ne dormait plus. Il rentrait de temps en temps les week-ends, petit à petit nous avions appris à vivre sans lui. Une nuit où il dormait paisiblement à côté d'elle, maman s'est levée et a fouillé les poches de son jean. Elle a trouvé un billet d'avion avec des mots écrits en anglais derrière. Au fond de son sac de voyage, elle a trouvé une cassette de caméscope. Elle l'a visionnée toute seule le lendemain en rongeant ses cuticules puis a fini par m'appeler. « Mon cœur, tu parles un peu anglais ? Tu peux me traduire ce qu'elle dit la nana sur la vidéo ? »

Sur l'image de mauvaise qualité, ils sont tous les deux dans la cuisine, c'est Lolo qui filme. L'Irlandaise est affreuse, un nez de cochon, une peau laiteuse, pas d'épaules. Elle se dandine en mangeant un yaourt. Lolo lui demande : « *What flavour is your yogurt ?* » Jusque-là, l'ambiance est gentille, digne d'une pub Danone, mais l'Irlandaise s'approche langoureusement de Lolo : « *Pineapple... Do you like pineapple ?* » puis la caméra coupe, ne laissant aucun doute planer sur la suite des événements. Maman se tourne vers moi, angoissée, les yeux brillants de larmes, et me demande : « Tu comprends ce qu'ils disent ? Ça veut dire quoi *pineapple* ? Ça veut dire quoi ?? »

Depuis ce jour, je n'ai plus jamais mangé un seul yaourt à l'ananas.

L'Irlandaise n'était pas un coup de foudre, mais elle a signé la rupture entre maman et Lolo. Ils ont essayé de continuer quelque temps, et puis Lolo est parti, avec une femme de son âge, pour lui faire des enfants ou s'occuper des siens, car les enfants ne sont jamais le problème principal, ce qui coinçait c'était la différence d'âge. Pour un homme, ça passe bien, d'avoir dix ans de plus que la fiancée, mais l'inverse est compliqué. Si maman aimait un homme plus jeune, c'était qu'elle était instable, perverse. Il n'y avait pas d'avenir avec cette femme, lui avaient scandé ses parents des milliards de fois. Maman était périmée, la ménopause la guettait, dans dix ans, mais quand même, ça arriverait vite. Et puis elle était divorcée déjà, elle referait pareil avec lui. Il ne fallait pas qu'il projette quoi que ce soit avec elle. Ce serait un peu dur mais il s'en remettrait, il en retrouverait plein, des femmes, surtout qu'il ne s'inquiète pas, il avait la vie devant lui.

Lolo est parti de la maison un matin, j'étais au collège. Ils se sont disputés – Maman a crié toute seule pendant une heure –, il a fait son sac et il est parti. Nous ne nous sommes pas dit au revoir. Je n'ai pas pleuré, je n'en ai pas parlé à mes copines, j'avais mes propres chats à fouetter, des garçons à faire rougir et des clopes à fumer. Lolo ne m'a pas envoyé de message ni de carte. Il est parti comme il est venu, sans bruit. Mon frère a eu le privilège des adieux, il m'a raconté leur maladresse, leur façon bizarre de se serrer dans les bras sur le trottoir, sans que Lolo émette le moindre son. Lolo a dit à mon frère de m'embrasser de sa part, ou peut-être mon imaginaire l'a inventé.

Je n'ai pas le souvenir de ma tristesse, c'était celle de maman qu'il me fallait gérer. C'était la première fois qu'elle prenait des antidépresseurs. Lolo a été son plus grand chagrin d'amour. J'aurais aimé l'aider, lui prendre sa douleur. Vingt ans plus tard, en souffrant à mon tour à cause d'un jeune homme de dix ans de moins que moi, je me dis que je la répare un peu.

27

Je reçois des messages de rappel tous les jours. « Bonjour Ariane, j'espère que toi et tes adorables filles allez bien. Dis-moi, as-tu bien reçu mon livre ? » Oui bien sûr, il prend la poussière avec tous les autres, je suis désolée.

Avant Sandro, je ne manquais pas d'occupations ni d'aventures, tout le monde me sollicitait, partout, tout le temps. Les éditeurs, les auteurs, les libraires. On me voulait jurée de prix, on me voulait à la Culture, on me voulait ambassadrice de marques et d'associations, en campagne pour les municipales. Des centaines de messages affluaient chaque semaine. Interviews, rencontres, salons, radio. On me demandait à la maison aussi, mes bébés me réclamaient la nuit, mon mari m'attendait le soir, mes amis les week-ends. J'acceptais car je ne voulais renoncer à rien, tout était source de joie et de reconnaissance. Je me découpais en dix, l'amour arrivait d'un coup, le fruit de mon travail, le désir de mon mari. Je n'étais pas blasée, je ressentais à chaque proposition la même fierté. Tout m'enthousiasmait. Je n'avais qu'à continuer ainsi, oui, il aurait suffi de rester sur ma lancée, j'avais bâti mon empire, ma place au soleil du petit milieu littéraire. J'ai préféré tout saboter, j'ai préféré tomber malade d'un homme.

Depuis un an, je suis une imposture. Mon blog a été le premier dommage collatéral de ma maladie. À partir du moment où Sandro s'est abonné à mon compte, j'ai été incapable de publier quoi que ce soit, sinon des posts orientés ou ambigus. J'ai arrêté de publier des photos de mon mari et de mes enfants. Comme si je voulais qu'il oublie ce menu détail. À la place de mes lectures, j'ai voulu être moderne, sexy, et mes stories ressemblaient à celle d'une influenceuse beauté. Beaucoup se sont désabonnés. Mes followers voulaient des livres, pas des selfies. Peu m'importait, tant que Sandro y répondait par des nuées de cœur ou de 100 %, selon son humeur. J'aurais pu revendre les livres, les donner, créer des boîtes à livres. Tout cela m'ennuyait et mon temps était compté : chaque matin, je m'apprêtais pour lui, au cas où.

Quelques proches s'en sont inquiétés, « tiens, tu ne publies plus rien depuis la naissance de ta dernière, tu dois être complètement débordée, ma pauvre ». J'opinais honteusement. Ma charge mentale aurait dû être accaparée par mon nouveau-né, mais la seule chose qui me tracassait était de trouver un créneau pour boire du vin. Avant lui, je ne supportais pas l'idée de ne rien poster pendant trois jours ; je cherchais l'exclusivité, je répondais aux abonnés et à tous leurs commentaires. Je tenais à être la première à parler d'un livre le jour de sa sortie. Je planifiais mes articles plusieurs jours à l'avance. On disait que j'étais la référence et mes chevilles triplaient de volume, on suivait mes avis littéraires les yeux fermés. On m'appelait depuis les relais gares et aéroports avant de partir en vacances. « Mon avion décolle dans vingt minutes, dis-moi vite, quel livre j'achète ? »

Du jour au lendemain, j'ai arrêté, ou j'ai fait semblant. Instagram, l'influence, le succès, puis le néant ; tout cela tient à peu de chose : un regard.

Jamais je n'aurais imaginé un jour ne plus avoir envie de lire. Lire était ma vie, mon exutoire. Aucune activité n'était plus réconfortante et enveloppante. Mais soudain, toute la littérature m'était devenue étrangère. J'ai démissionné du journal où j'exerçais en tant que critique, ma seule source de revenus à l'époque. Contre toute attente, moi qui prônais la richesse intellectuelle depuis trois ans, voilà que j'envoyais tout valser. Je me moquais des auteurs, des éditeurs, des acteurs, des agents. Je n'en avais plus rien à cirer du Flore, du Lilas, des librairies bondées. Des déjeuners avec interviews à la clé. Je me foutais de tout. Tout cela ne m'intéressait plus.

Les gens palabraient, le monde tournait, on parlait santé, économie, culture. Certains me proposaient des voyages. Quel voyage aurais-je bien pu faire ? Je ne voulais plus m'éloigner d'un kilomètre.

Le seul trajet que j'envisageais était celui de ma maison à son bar. Les gens postaient des trucs, des tas de trucs, les gens dansaient sur Tik-Tok, les gens organisaient des apéros-visio, les gens s'enthousiasmaient des saisons, des enfants, des animaux. J'étais en dehors. Totalement hermétique au monde. Cela me rappelait la naissance de ma première fille, j'étais retournée à la faculté une semaine après l'accouchement et je ne comprenais pas l'agitation générale, qu'y avait-il de plus intéressant au monde qu'un petit corps duveté de 3,3 kilos ? Et comme je l'avais fait pour elle, je l'ai fait pour lui : j'ai fait semblant de m'intéresser, par pudeur. Comme je me moquais du monde !

Il me fallait de l'argent, plein d'argent. Je voulais une voiture rapide pour te suivre sur l'autoroute. Et un appartement pour te recevoir. Oui, une garçonnière. J'allais y poser des tapis et des rideaux épais. Au début, il n'y aurait pas de meubles, seulement un lit immense, recouvert d'édredons, avec des barreaux en laiton pour m'y accrocher et des coussins par terre pour amortir nos extases. Il me fallait des fringues, plein de fringues, je voulais changer de toilette tous les jours, hors de question que tu me voies deux fois dans la même tenue, je voulais t'éblouir à chaque seconde.

Je voulais embaucher une femme de ménage, une repasseuse, une cuisinière et surtout une nounou, je ne voulais plus être à 16 h 30 à l'école, personne ne sait à quel point c'est difficile d'être à 16 h 30 à l'école, en plein soleil ou sous la pluie, avec tous ces parents qui ne vous sourient pas ou vous noient sous d'affreux poncifs auxquels vous répondez par d'autres poncifs et en vous détestant, en haïssant ce moment de vie que vous avez pourtant choisi. C'était décidé, je ne ferais plus les sorties d'école. À la place, je monterais sur ta moto, je me réfugierais dans ton bar ouvert juste pour nous deux, jusqu'à ce que la nuit tombe.

À moi la vie de château ! À moi la liberté de tout quitter ! Je me suis réinscrite à l'Ordre des médecins et j'ai postulé à la première annonce. Mon mari est tombé des nues, effaré devant l'apocalypse. Qu'est-ce qui te prend ? On avait créé un cabinet ensemble et tu postules ailleurs. Et ta littérature, et l'écriture ? Ton prix, comment tu vas faire ? Avec la politique, tu n'auras jamais assez de temps pour tout concilier. Et les petites, elles ne vont plus te voir du tout ! Je n'ai jamais voulu une mère démissionnaire, moi ! Tu vas laisser une nounou gérer les bains et les devoirs, tu n'as pas honte ? Tu comptes faire comment, au juste ? Tu veux me quitter, c'est ça ? Tu as quelqu'un ?

Non, je répondais en le regardant droit dans les yeux. Je ne veux plus être à la maison, je suis en dépression, j'ai besoin d'un salaire, j'ai besoin d'argent. Je ne veux plus donner les bains, tu comprends, je ne supporte plus les bains.

Un lundi de septembre, tu es réapparu furtivement.

« *Ciao cara*, que fais-tu cet après-midi ? Je souhaite boire un café avec toi. » SMS suivi d'une photo de ta nouvelle voiture, une italienne sportive à 400 chevaux légendée : « On aurait pu faire un tour. »

Je décline car je travaille depuis peu à mon nouveau cabinet. Cependant, je comprends ce jour-là que je suis le genre de femme que l'on choisit pour décorer sa vie. J'ai cet honneur, je suis une image à coller dans un tableau masculin épanoui. Vous êtes disponibles pour moi quand vos bâtisses sont construites et propres, que vous vous sentez fiers et accomplis. Certains hommes n'ont pas de place pour une femme tant qu'ils ne se sont pas réalisés. On vous fait peur, nous les femmes qui n'avons besoin de rien, qu'est-ce que vous pourriez bien nous apporter, vous vous torturez l'esprit, vous ne trouvez pas et vous préférez renoncer. Nous voudrions juste un peu de légèreté, vous savez. Et quand enfin vous nous l'offrez, nous ne sommes plus disponibles.

Qu'attendais-tu de moi ? Qu'aurais-je fait, qu'aurais-je dit, assise sur le siège passager de ta voiture ? Quel moteur ! Quelle puissance ! J'aurais souri mystérieusement, j'aurais attendu que tu m'embrasses, comme tous les jours.

Quand ils étaient encore ensemble, mon père vérifiait toujours la tenue de ma mère avant une sortie. Il ne la critiquait pas, mais il tenait à ce qu'elle porte tous les bijoux qu'il lui avait offerts. Parfois, il la prévenait deux heures avant au téléphone :

« Bébé, on sort ce soir. Tu mettras bien *tous* tes bijoux. » Ma mère n'avait plus un doigt de libre, et le tintement de ses bracelets n'en finit pas de résonner à mes oreilles.

28

J'ai essayé de retrouver Lolo, j'avais vingt-trois ans. Les réseaux sociaux, trop neufs pour être utiles, n'avaient fourni aucun indice. Ma mère cependant tenait une piste, une de ses amies avait aperçu Lolo à Riquewihr, près de Colmar. Elle avait reconnu son profil et sa manière de fumer si particulière. Il était assis sur un banc, devant un magasin dans lequel il a fini par entrer. *A priori*, il travaillait là-bas. J'ai décidé de me rendre à Riquewihr et de le trouver sur place.

Avec mon premier mari, nous avons convenu d'une date pour laisser notre fille et avons emprunté la voiture décapotable de ma mère. Nous nous sommes garés près du centre, et, le cœur battant, je suis sortie de la voiture. C'était un jeudi, il y avait un grand soleil, je m'en souviens parfaitement. J'allais revoir Lolo après dix ans de silence. À l'aide d'une photo de Lolo un peu jaunie, j'ai mené mon enquête chez les petits commerçants, à la manière de Columbo.

— Bonjour, excusez-moi de vous déranger, connaissez-vous cet homme ?

Les deux premières personnes interrogées ont répondu par la négative. Je ne me suis pas découragée, j'ai fait le tour de tous les commerces. Le buraliste m'a enfin offert une piste.

— Bien sûr, c'est Laurent ! Il travaille à la maison des vins, au milieu de la rue principale.

Ainsi, Lolo s'était reconverti. Son parcours d'ingénieur le prédisposait à devenir œnologue, il apportait sa science aux plaisirs du terroir.

Nous nous sommes dirigés vers le centre du village, j'étais dans un état second. J'ai poussé la porte d'une cave en tremblant et j'ai questionné une dame à l'entrée.

— Bonjour, est-ce que Laurent K. est là s'il vous plaît ?

La dame a marqué une courte pause et m'a observée longuement.

Elle a fini par répondre :

— Non, malheureusement, c'est son jour de congé aujourd'hui, il est parti voir ses parents dans le Sud. Voulez-vous que je lui laisse un message ou votre numéro ?

Décontenancée, j'ai répondu que je reviendrais. Quand j'ai raconté ça à ma mère, elle a réfléchi quelques instants et a déclaré que c'était un signe. S'il n'avait jamais cherché à me recontacter, c'est qu'il était résolument passé à autre chose.

Je ne suis pas retournée à Riquewihr et je n'ai jamais revu Lolo. Je ne pouvais deviner que des années plus tard, un autre jeune homme m'initierait à l'œnologie.

Depuis que je réside dans cette ville bourguignonne, on m'interroge sur les motifs de mon choix, comme si c'était incongru d'habiter ici, comme si cette ville ne me correspondait pas. Je réponds souvent par la qualité de vie, les quais de Saône fleuris, la localisation stratégique. Je réponds qu'à vingt minutes de Beaune, Pommard, Meursault, Rully ou Mercurey, je déguste les plus grands crus convoités dans le monde entier. Aujourd'hui, j'ai compris que toutes ces réponses étaient erronées, j'ai atterri dans une ville pour y rencontrer un homme.

Avant de m'installer ici, j'avais consulté une voyante. Madame G., conseillée par une amie proche. C'est la seule et unique fois de ma vie où j'ai eu recours à une voyante, j'en avais besoin pour sauter dans le vide. Quitter la Lorraine, mon cercle familial et amical, m'enterrer dans une ville où je ne connaissais personne avec un mari qui ne me touchait pas depuis au moins trois ans, tout cela était un pari risqué.

La voyante a été très rassurante. Mais oui Madame, c'est une très bonne idée de partir. Du point de vue personnel et professionnel. Je vois des livres... Vous allez reprendre des études ou réaliser un vieux projet. Dites-moi... Votre père est mort ? Non ? Ah, il a dû vous manquer terriblement alors. Courez lui dire que vous l'aimez quand vous sortirez de chez moi. Vous avez d'autres questions ? Oui, votre fille sera heureuse là-bas. Votre mari aussi, il vous aime, vous savez. Vous avez l'air d'en douter... Voyez cette carte, la dame de cœur, c'est vous. Avouez-le, vous êtes très indépendante. Mais oui, votre cabinet va bien marcher, au-delà de vos espérances. Ah, je vois un jeune homme.

À l'écrire aujourd'hui, ça paraît limpide, mais dans le contexte, je n'ai pas pensé une seconde que le jeune homme serait un amant. J'ai toujours pensé – et c'est ainsi que je l'ai relaté à mon mari en rentrant de chez la voyante après avoir couru au magasin de mon père étonné par mes « je t'aime » – que le jeune homme serait un collaborateur du cabinet. Mon mari l'a interprété ainsi, et pendant des années nous avons ri en évoquant ce collaborateur qui n'arrivait jamais et que, d'ailleurs, nous ne cherchions pas.

29

Un an que j'avais trébuché dans un regard et je n'étais plus que l'ombre de moi-même.

J'avais cinq valises à faire pour les vacances et cela m'était impossible. Je n'y arrivais pas. Je m'intimais de me forcer, au moins pour mes enfants, ce serait peut-être leurs dernières vacances. J'en étais tout bonnement incapable. Dissociation du corps et du cœur. Il n'y aurait pas de dernières vacances.

Trois jours avant le départ présumé des vacances en famille, je me suis pointée au bar avec une amie comédienne de passage dans ma ville. D'abord content de me voir, Sandro est devenu de plus en plus froid au fur et à mesure que la soirée avançait. Mon amie comédienne est partie vers minuit et je suis restée. Je me suis installée au fond du bar. Il m'a dit de partir, de dégager. Que je quitte ou non mon mari, ce serait la même chose, il ne serait jamais avec moi, il n'y avait aucun intérêt. Il s'excusait pour les promesses, les mots d'amour. Je devais partir, maintenant.

Je me suis postée au coin de la rue, comme avant, j'ai attendu jusqu'à deux heures du matin, il n'est pas venu. J'ai rédigé un poème d'adieu qu'il n'a pas lu. J'ai laissé mon mascara se dissoudre sous mes larmes et la pluie. J'ai sorti mon rouge à lèvres et j'ai tagué le mur où nous nous étions embrassés la première fois, « parce qu'on peut mourir d'amour ici tu sais ». J'ai entouré nos initiales communes avec un cœur. Le rouge à lèvres bavait sur le mur en crépi, j'ai raclé le fond du tube avec mon petit doigt parce qu'il m'en manquait un peu pour finir le cœur. Je suis restée debout dans la rue longtemps, les joues noires et les doigts rouges. J'aurais aimé que le sol m'engloutisse.

Sandro voulait que je renonce, cette histoire allait trop loin pour lui. Pour moi c'était hors de question. C'était un contresens. Ma vie était entièrement tournée vers lui à présent, je n'avais pas d'autre issue. L'aimer ou mourir.

J'ai fini par rentrer chez moi. Incapable d'aller me coucher, j'ai sangloté doucement sur le canapé. Mon mari s'est levé et m'a demandé, effaré, ce que j'avais, il n'en pouvait plus, je devais lui dire à présent.

J'ai levé les yeux vers lui, j'ai pris une longue inspiration.

— J'ai besoin d'aide. Je ne vais pas bien du tout. Je déraille complètement. Je vais te libérer de tous ces non-dits qui te pèsent. J'avais peur de ta colère, du caractère définitif de mes aveux, je vais t'expliquer.

S'il te plaît, aide-moi, aide-moi… Voilà. Je suis tombée amoureuse il y a un an. J'en suis malade, je ne m'en sors pas. Qui ? Peu importe. Bon si tu insistes… C'est Sandro. Oui, le barman. Oui. Je sais ce que tu vas me dire, qu'il ne t'arrive pas à la cheville, que c'est un tocard. Il ne sait rien de moi, de nous, il s'en fout, il ne pose aucune question puisqu'il n'est pas amoureux. Il ne m'apporte rien de bon, même pas de la joie. Cette histoire est un non-sens. Et moi je te regarde pleurer et te ronger les sangs depuis des mois, me pister, me questionner, tu ne trouves rien car il n'y a rien à trouver, et pour cause, nous ne faisons rien, nous ne nous voyons jamais. Ou si peu, il a toujours refusé. Comme prétexte, il a pris ma dignité, notre honneur et le sens des réalités. Je ne m'explique pas pourquoi. Il n'a pas sorti le grand jeu, il n'a rien fait, et pourtant je plaide coupable. Je le sais, je vais payer deux fois : la souffrance de mon obsession et les conséquences de mon aveu aujourd'hui.

Non je te dis, il ne veut pas de moi, et il ne s'est pas passé grand-chose. Ce soir, il m'a dit de dégager de sa vie et je suis malheureuse tu comprends, je ne pense qu'à lui, tout le temps. Je suis désolée. C'est pour cela que je ne peux plus te regarder, te toucher, ou passer du temps avec toi. J'ai cru à un caprice, à un désir sauvage, j'ai cru à un baby blues, j'ai cru plein de choses. J'ai surtout cru que ça allait passer, mais c'est d'une violence inouïe. Je ne m'en sors pas, je ne sais pas si je t'aime encore. Je ne sais pas si je m'aime moi-même. Je n'ai plus la force d'aimer qui que ce soit, juste de courir vers ma perte. J'ai envie de disparaître. Aide-moi, je t'en supplie.

Mon mari s'est levé comme un fantôme. J'ai pensé qu'il avait besoin d'aller marcher mais il s'est dirigé vers la fenêtre et a tenté de l'enjamber. Je me suis levée à temps pour le rattraper. Il était sous le choc. J'ai essayé de le calmer mais il a pris son portable et s'est enfermé dans le garage.

Il a eu ce réflexe étrange, celui d'appeler mon père, à quatre heures du matin. Je lui avais tant répété que papa détenait les clés, les solutions à tous les problèmes, qu'il a pensé que seul papa pouvait me faire recouvrer la raison. Mais papa ne comprenait rien, il était effaré ; il l'a laissé parler, a dit qu'il prendrait la route le lendemain matin à la première heure. Puis mon mari est allé chez son frère. Je me suis retrouvée seule.

En quelques heures, j'avais perdu tous les hommes de ma vie.

30

Ma famille est partie sans moi, quelque part, à la mer, dans une station balnéaire. Mon père a pris la grande, mon mari a rejoint ses parents avec les deux autres. Je n'ai pas bougé de ma maison, assommée par le mois d'août et enveloppée de solitude. Je ne savais plus depuis quand je n'avais pas vécu ça, le silence, les nuits complètes, la pensée continue.

Je n'ai pas bu une seule goutte d'alcool, je ne suis pas sortie de chez moi, je n'ai parlé à personne pendant quinze jours. Seul un appel téléphonique m'a sortie de ma torpeur. Ma grand-mère.

Mamie vivait seule depuis la mort de papy Jacquy. Elle s'était mise aux réseaux sociaux, à Facebook notamment, elle partageait des articles et ses points de vue animaliers avec des inconnus. Elle prenait de mes nouvelles uniquement sur Messenger. Je lui envoyais des photos des petites, elle y répondait par des GIF, à quatre-vingt-sept ans. Le confinement n'avait pas pesé sur le quotidien de ma grand-mère, tant qu'on ne lui ôtait pas Facebook, elle était heureuse. Ça l'arrangeait bien de chatter car depuis peu elle avait une maladie bizarre, touchant les cartilages de son nez et de sa poitrine, à cause de laquelle elle n'arrivait plus à respirer correctement. Parler la faisait atrocement souffrir, notamment le soir.

Alors quand j'ai vu son nom s'afficher sur mon téléphone, *Mamie Colette*, des années que cela n'était pas arrivé, j'ai pensé que cela devait être important.

— Ma petite biche ?

— Bonjour mamie.

— Ta mère m'a dit.

— Ah…

Puis mamie a débité des phrases à toute vitesse. J'ai d'abord pensé qu'elle m'appelait pour me remettre sur le droit chemin, me parler efforts et concessions. Il en allait tout autrement. Elle a commencé par relater sa rencontre avec papy.

— Tu sais, il n'était pas le plus beau du bal, ni le plus riche, et d'ailleurs j'avais fait le mur pour sortir ce soir-là. J'avais un fiancé à l'époque. Il s'appelait Édouard. Anglais. Blond, grand. Très élégant. La plupart du temps, je l'attendais, car il était marin. Et puis ce soir-là, au bal, il y a eu ton papy. Il dansait très bien la valse. Il me faisait rire. Je ne l'ai pas trouvé beau du tout, avec ses gros yeux, son gros nez, ses cheveux crépus, il était plus petit que moi. Mais tu vois, c'est lui que j'ai choisi.

Je ne comprenais pas ce que mamie essayait de me dire. Je l'ai coupée pour m'enquérir de sa santé, n'avait-elle pas trop chaud, allait-elle en courses malgré le virus et la canicule ?

— Oh tu sais ma petite biche, je n'ai plus peur de rien. Je suis prête.

J'ai frissonné.

— Tu sais, vivre avec ton papy n'était pas facile tous les jours. On n'avait pas un sou, mon père ne me parlait plus et personne n'est venu à notre mariage. Mais tous les soirs, on dansait la valse dans le salon. On n'avait pas de table, pas de chaises, on dînait par terre mais on dansait, ta mère nous regardait. Il picolait beaucoup mais il était gentil, ton papy.

Puis le laïus de mamie est parti dans tous les sens. Elle ne m'a jamais fait la morale, ne m'a posé aucune question indiscrète. Je l'ai laissée parler et quand il lui a semblé avoir tout dit, elle a raccroché, essoufflée.

Maman l'a retrouvée morte quelques jours plus tard, agrippée à son lit. La canicule, peut-être.

Avant de partir, mamie m'avait comprise. Elle m'avait autorisé la vie, mes choix seraient les bons puisqu'ils seraient les miens. Elle m'avait donné sa bénédiction avant de me dire adieu. Je crois que ce qu'elle a tenté de me dire ce matin-là, au téléphone, c'est que l'amour a toujours un prix, et qu'est-ce qu'on s'en fout, bon Dieu, puisque c'est la seule chose qui compte dans l'existence.

31

Neuf ans, c'est l'âge auquel j'ai rencontré Lolo mais aussi celui où mon grand-père paternel est mort. Un homme que j'aimais disparaissait, un autre apparaissait : toute l'histoire de ma vie.

J'ai très peu de souvenirs de papi Claude, le père de mon père. J'ai passé la plupart de mes vacances et de mes week-ends chez mes grands-parents maternels, où j'étais bien plus cajolée. On m'a toujours dit que papi Claude était macho et brutal, pourtant je me souviens de lui apportant le petit-déjeuner au lit à mamie tous les matins.

Papi Claude collectionnait les pistolets. Il y en avait un peu partout, des inoffensifs en décoration et des chargés, cachés dans le garage. Quand je pense à la maison de mes grands-parents paternels, j'en visualise l'entrée. Sombre, donnant immédiatement sur un escalier étroit, recouvert de moquette rouge, les murs blancs de part et d'autre étaient tapissés de dizaines de pistolets qu'il ne fallait pas toucher. Petite, je n'aimais pas monter cet escalier ;

quel accueil tout de même, toutes ces armes en guise de bienvenue ! Papi Claude aimait tirer sur des cibles dans le jardin. Il a initié mon frère, ils ont tiré ensemble deux ou trois fois. Pour ce dernier c'était un privilège, les moments avec papi étaient sacrés. Quand ils sortaient les cibles et s'installaient dehors, je n'avais pas le droit de venir, j'étais maintenue calfeutrée avec mamie, à jouer aux jeux de société dans la cuisine, je devais les laisser entre hommes.

J'ai un seul souvenir avec lui : je me suis légèrement blessé le doigt et je pleure à table. Papi Claude se lève, me prend par la main, « viens je vais te soigner ». Confiante, je me lève d'un bond, heureuse que mon papi répare mon bobo. De sa main gauche, il m'attrape le doigt malade, et de la droite il sort un grand couteau du tiroir. « Viens on va couper le doigt, comme ça, il ne te fera plus mal. » Je hurle de terreur, papi rit comme un enfant. Quelqu'un me somme d'arrêter de pleurer : c'est son humour, il est comme ça ton papi, c'est pas méchant.

De lui, papa se souvient de bonnes raclées tandis que ma tante se remémore leurs parties de pêche. Simonetta Greggio a écrit *La Douceur des hommes*. Les hommes peuvent-ils être à la fois tendres et virils ? J'ai sans doute oublié les câlins et les compliments, j'ai oublié les rires, je me souviens uniquement du jour où papi a voulu me couper le doigt. Quand il est décédé, papa n'a pas tenu à ce que j'assiste à l'enterrement, je n'ai donc pas ce dernier souvenir, je n'ai pas non plus celui du chagrin de mon père. Voilà tout ce que je peux écrire sur mon grand-père paternel, un seul paragraphe, un morceau du puzzle des hommes de ma vie, si petit par rapport à tous les autres, qui ont été de passage dans mon existence ou dans celle de ma mère. À quoi servent les souvenirs ? Faut-il qu'ils aient été nombreux ou suffit-il d'un seul, marquant, pour affirmer qu'on a aimé un homme ?

32

C'est quasiment impossible de se quitter en une fois. On réessaie toujours un peu, on appelle ça un sursis. Avec mon mari, on le savait sans le verbaliser. Ma psy m'a dit que ça faisait du bien dans la vie, les transitions, qu'il fallait prendre le temps de se quitter. Mon père me disait de m'accrocher, mon frère savait que ça ne servait à rien. Ma mère comprenait. Mon mari ne dormait pas. Nos enfants n'osaient plus ouvrir la bouche.

La mascarade a duré deux mois.

Un soir, en rentrant du travail, mon mari a balancé le journal sur la table, moqueur :

— Un champion ! Vraiment, un champion !

En gros titre : « Une fermeture au goût amer pour le bar de la rue de la Vigne. »

Le bar était définitivement clos. Dénonciation, contrôle fiscal, redressement judiciaire, liquidation. L'article évoquait une mauvaise gestion. La mère de Sandro témoignait, elle n'y comprenait rien, aucune négociation n'avait été possible. Je l'imagine, lui, encaisser la nouvelle, rendre ses clés puis rentrer chez lui. À peine déconfiné, il avait dû fermer. Passer chaque jour devant cet établissement qui avait été le sien mais qui ne l'était plus, sa fierté, son nom dessus. Son bébé, toute sa vie à l'intérieur, sa cuisine, sa collection de bouchons et de masques vénitiens. Sa chambre à lui. Nos souvenirs.

Ainsi, notre lieu n'existait plus.

J'ai pensé que le lieu de notre amour avait disparu en même temps que nous. Plus de lieu, plus d'amants.

Mon mari m'a demandé si je pensais encore à lui. Je n'ai pas répondu.

— C'est tout de même pas compliqué, me secouait-il, tu penses encore à lui, oui ou non ?

J'ai gagné du temps.

— Tu es en train de me parler de lui depuis cinq minutes, par conséquent je pense à lui, oui.

— Arrête de me prendre pour un con, dis-moi si tu penses à lui.

— Écoute, ça fait un an que je pense à lui, alors le sevrage n'est pas immédiat, encore moins quand tu m'en parles, désolée.

Il a donné un coup de poing dans un mur virtuel et en serrant les dents comme un demeuré. Il me faisait de la peine.

J'avais envie de rejoindre Sandro quelque part.

Mais il n'était plus là, puisqu'il n'y avait plus de bar. Pendant un an, j'avais su où le trouver, j'avais eu cette possibilité. Ma fuite était vaine désormais.

Quelques semaines de silence ont passé, est arrivé le dernier soir, celui où je n'ai pas réussi à rentrer chez moi. Je stationnais, immobile, bloquée, devant la porte de la maison, la clé entre les doigts. À l'intérieur, mon mari et mes enfants m'attendaient pour dîner. J'étais incapable de bouger. Le voisin d'en face m'a aperçue, celui dont j'avais fait la connaissance pendant le premier confinement. Un jeune trentenaire caustique.

— Ariane ? Youhou ! Ça fait plus de vingt minutes que tu fais la statue devant cette porte, tu veux un verre de blanc ?

Je suis sortie de ma léthargie, lui ai souri comme j'ai pu et j'ai décliné, je suis entrée chez moi, ai lancé un « coucou tout le monde ! » d'une voix mal assurée. D'un regard, mon mari a su. Il a serré les mâchoires, ouvert une bouteille de champagne.

— Que fêtons-nous ? ai-je demandé.

— Notre rupture, il a dit, en souriant, les yeux remplis de larmes.

Nous avons couché les enfants, il a pris ma tête entre ses deux mains, il a humé ma peau, m'a respirée de toutes ses forces.

— Merci, merci mon amour, il a murmuré entre deux sanglots.

Il me serrait encore.

— Merci pour tout, merci pour ces dix années, répétait-il. Merci, c'était grandiose.

Il a rempli un sac et il est parti.

J'ai pleuré une nuit entière sur l'élégance d'un homme. Il m'avait aimée à sa façon, comme le font tous les hommes. J'ai pleuré sur un amour que j'avais juré ne jamais laisser partir.

Après il y a eu des messages froids, un notaire et des papiers, des tonnes de papiers. Des cartons, des mails et des sourcils froncés. Des enfants que l'on jette en bas d'une maison, un ulcère qui se rouvre dans le ventre d'un grand-père. Un sentiment de liberté aussi. Des dimanches matin ensoleillés, seule et heureuse. Des doutes, des derniers baisers volés entre deux valises. Encore un dernier. Laisse-moi t'embrasser s'il te plaît, laisse-moi regarder la couleur de ton soutien-gorge. Laisse-moi toucher tes seins. Un dernier baiser, s'il te plaît. Comme tu sens bon !

En récupérant quelques affaires, mon mari m'a fait une promesse : il continuerait de voir ma fille aînée, il l'avait élevée pendant dix ans, il ne voulait pas qu'elle ressente plus tard le même manque que j'avais ressenti avec Lolo. Je savais qu'il ne le ferait pas mais je l'ai remercié chaudement, car sur le coup, il avait l'air d'y croire.

Je ne le rattrapais pas, ne lui laissais aucun espoir sur un éventuel retour. La maladie demeurait, intacte. Mon être entier infecté de mon obsession m'obligeait à finaliser le sabotage de ma famille. Stade IV. La seule lumière au bout du long tunnel de démarches du divorce, c'était lui. Un nouvel appartement, une garde alternée et je serais enfin libre pour le premier message qu'il m'enverrait, pour la prochaine occasion, le croiser, lui parler, le recevoir.

Quant à la pandémie, elle reprenait de plus belle. On murmurait l'arrivée d'une deuxième vague. Je n'en avais toujours rien à cirer, j'étais d'un égoïsme sans nom. Je ne comprenais pas l'inquiétude des gens en bonne santé. Ils étaient pour moi des extraterrestres. Je remarquais une chose étrange : les plus angoissés à l'idée de contracter le virus étaient ceux dont la vie était la plus plate. Un boulot tranquille, pas d'amant sous le matelas, pas de défi en cours. De quoi avaient-ils peur ? De perdre cette platitude ? De mourir avant d'avoir vraiment vécu, sans doute. Cette période m'a beaucoup interrogée sur la peur de la mort. J'aurais aimé ressentir cette angoisse au moins une fois pendant l'épidémie. Mais la mort ne faisait que me séduire. J'y voyais une issue, la seule possible. Je rêvais d'une maladie pour oublier la mienne.

J'ai déménagé dans un appartement ancien, aux murs blancs et aux poutres apparentes. J'ai acheté un lit immense et un canapé doré. Les fenêtres donnaient sur la rue et j'observais les gens en fumant des cigarettes. Je continuais de l'attendre comme je l'avais attendu pendant un an.

Sandro demeurait invisible, muet. Je n'avais eu aucune nouvelle de lui en trois mois. Mon mari, si.

Sandro était venu lui parler un jour en terrasse. Lui dire qu'il le respectait, qu'il n'y avait pas de problème, qu'on n'avait rien fait. Ils avaient failli se battre mais en étaient repartis tous deux satisfaits : Sandro d'avoir crevé l'abcès, et mon mari d'avoir tenu tête à ce petit con.

À moi, aucune nouvelle, aucun signe, aucun like, rien. Il m'avait pourtant prévenue, le premier soir, « je suis inépuisable ». Je ne savais pas s'il était au courant pour mon divorce, j'attendais une occasion. De longues semaines se sont écoulées et un jour d'automne, plus d'un an après notre rencontre, je l'ai croisé en voiture.

33

Il sentait la sueur, le sexe et la bouffe. Je l'attendais en bas de mon appartement, dans une rue noire. Il est apparu au loin et je l'ai contemplé pendant qu'il marchait vers moi. Son allure dans la nuit, cet homme n'existant qu'à travers la lumière de la Lune, c'est peut-être la seule image qui me vient à l'esprit quand je pense à lui.

Il m'a embrassée, il tremblait. L'odeur d'huile brûlée sur sa peau était nouvelle, liée au restaurant dans lequel il travaillait désormais. J'ai pensé que je m'y habituerais, que j'aimais l'huile brûlée.

Je lui ai pris la main :

— Monte deux minutes.

Dans mon salon, il cherchait un point de chute, il avait peur d'errer. Il a choisi ma bibliothèque. Il a feuilleté un livre qui parlait d'un père, l'a reposé.

— Viens, assieds-toi.

Il a regardé ma main posée sur le canapé. Il a hésité et s'est assis. Je me suis redressée en tailleur à côté de lui. Je n'en revenais pas de sa présence.

Plus d'un an que je l'attendais ! Il s'est laissé servir des bulles, m'a demandé une cigarette. Il a fumé dans mon salon, il a balancé sa cendre sur mon tapis blanc. J'ai rien dit.

Un an.

Il parlait mais je n'écoutais pas, je ne comprenais rien, je regardais son profil, ses cheveux, sa nuque. Sa présence me paraissait aussi éphémère qu'hallucinatoire. Il venait de s'asseoir et, bientôt, il repartirait.

Il m'a fait la liste de ses élucubrations mentales, il ne voyait pas de finalité à notre liaison, il voulait des enfants et je n'en voulais plus. Ça ne menait nulle part, répétait-il. Qu'est-ce que je lui trouvais ?

J'ai fait la liste de ce que j'aimais.

– Ton allure.

– Tes grosses mains.

– Ta voix grave.

– La façon dont tu me regardes.

– Dont tu m'attrapes les cheveux.

Il a acquiescé, il savait déjà tout ça.

Il m'a dit que j'étais respectable, connue et reconnue. Il avait peur de lui. Le plus dur ce n'est pas d'avoir une femme, c'est de la garder et il ne s'en sentait pas capable.

Je savais tout ça aussi.

— T'inquiète pas.

J'ai posé ma main sur son dos pour le rassurer ou le faire taire.

Il a fermé les paupières.

C'est ça que je veux.

Tu m'as manqué, dis-moi comme je t'ai manqué, tu m'as manqué putain tu m'as manqué.

Il s'est allongé dans mes bras et je bougeais à peine, comme on caresse un chat de peur qu'il sursaute en vous plantant ses griffes. Il respirait tendrement, une main sous mon pull.

Surpris par sa propre douceur, il s'est levé d'un bond.

— Au lit ou je m'en vais !

Alors je lui ai dit :

— Au lit.

J'ai ôté nos habits.

Il m'a plaquée sur le matelas.

Il a marqué une courte pause, murmuré mon prénom.

Puis il a désossé mes cuisses.

Il m'a léchée, égorgée, fessée, m'a arraché les cheveux, mes boucles et les oreilles avec. À quatre pattes, je regardais mes créoles en or éparpillées sur l'oreiller comme j'ai regardé bien en face le bouchon muqueux le jour de mon accouchement, cette portion de chair rouge et filandreuse déposée tardivement sur le drap de l'hôpital, témoin de l'attente et de ma douleur, témoin de ma délivrance soudaine. Pourquoi la naissance d'un amour n'est-elle que violence ?

On a rattrapé le temps et les frustrations perdues. Il n'avait plus de souffle, je regardais les quelques gouttes de salive égarées au coin de sa bouche. Je l'ai essuyé de l'index, il l'a sucé et je l'ai embrassé.

Il a joui.

Et puis il est tombé du lit.

Nu sur le parquet, la tête entre ses mains.

Il riait. C'était la première fois que je l'entendais rire.

Mes fesses étaient gravées de l'empreinte de ses deux mains.

Il a gardé ma culotte en souvenir.

Et dans la nuit je l'ai regardé courir
comme on laisse s'enfuir une bête sauvage
en sachant qu'elle reviendra.

34

Un soir d'hiver, il y a bien longtemps, mon mari m'avait séduite de la même façon que Sandro. Deux yeux légèrement plissés sur ma silhouette. Scannée, déshabillée, envoûtée. Il était arrivé à une soirée étudiante un peu en retard, une fille à son bras. J'avais ouvert la porte et son regard s'était abattu sur moi. Je l'avais alors lue d'une traite dans ses yeux, l'histoire que j'écrirais. L'histoire d'un amour passionnel et romanesque dont je tirerais toutes les ficelles, car mon inconscient avide d'inspiration avait élu un jeune homme.

Oui, je l'ai lu d'une traite, le roman d'amour que j'ai fabriqué moi-même, de toutes mes forces, par addiction à un regard, ce regard qui au fil des années, des doutes et des enfants, avait fini par disparaître. Ou peut-être ce regard n'avait-il existé qu'un seul soir, un seul instant, pour subsister toute une vie dans ma mémoire. Le regard de Sandro, c'est celui de mon mari à l'époque, une époque révolue et dont je suis nostalgique, car moi aussi j'ai eu vingt-quatre ans et je n'en ai jamais fait le deuil. L'insolence et l'indolence de cet âge-là me manqueront toujours.

Je me sens vaine. Je suis amoureuse de tableaux que j'ai peints seule. Vaine de tenter de leur faire comprendre. Demandez à votre mari de vous pardonner un amant parce qu'il vous rappelle tous les hommes de sa vie, dont lui. Expliquez à votre nouvel amour qu'il ressuscite l'ancien, le répare et permet de vous souvenir de celle que vous étiez, pucelle de passion et de frissons.

Peine perdue. Parfois, il est plus facile de dialoguer avec les absents. Sandro c'est eux, Sandro c'est moi.

35

Elle est toujours un peu intéressée, la quête des souvenirs. Nous partons à leur recherche uniquement en cas de besoin. Pour grandir, nous n'avons pas besoin de souvenirs, uniquement de vivre. Nous n'enregistrons rien, ou à peine, nous préférons observer le monde. C'est plus tard que nous nous raccrochons aux bribes, pour comprendre ou réparer.

Aussi, quand mamie Colette est décédée brutalement, papy Jacquy est mort une seconde fois. Sans elle, je ne pouvais plus répondre à toutes les questions que je me posais sur lui. Heureusement, en vidant la maison, maman a ressuscité tout le monde. Pendant plus d'un mois, elle m'a envoyé toutes les photos retrouvées chez mes grands-parents. Mamie avait soigneusement développé, trié et rangé les hommes de ma vie dans des dizaines d'albums. Sur WhatsApp, j'ai tout reçu pêle-mêle, papa, papy, Dany, Dominique, Lolo, dans le plus grand désordre chronologique. Elle savait que j'écrivais ce roman, que je cherchais des souvenirs et qu'elle n'avait pas grand-chose à m'offrir, alors toutes ces images tombaient à pic, je mettais des visages sur mes émotions, et inversement.

Je suis restée immobile devant les photos de mes parents. Ils ont vingt ans et sont d'une élégance folle, maman a une taille minuscule, elle porte une jupe longue en satin qui dévoile la finesse de ses mollets, lacés par des sandales à la mode. Papa, les cheveux en arrière, fronce légèrement les sourcils. Son pantalon pattes d'eph est interminable et un paquet de Marlboro rouge dépasse de la poche gauche de sa chemise. Sur la photo suivante, j'ai trois mois et il me berce doucement, debout dans un jardin.

Une photo avec mon frère, j'ai deux ans, lui neuf, ses dents de lapin concurrencent le palmier que maman a coiffé sur ma tête. Je suis sanglée à l'arrière de son vélo, nous ferons deux fois le tour du jardin avant de tomber la tête la première, hilares.

Avec Dany, j'ai quatre ans, nous sommes à la piscine. Il m'apprend à nager pendant que maman, sublime naïade blonde, bronze sur un transat.

Avec Dominique et ses enfants, j'ai huit ans, un carré court et des lunettes rondes, on dirait Mathilda dans le film *Léon*. Je souris sur toutes les photos, entourée de mes nouveaux frères et sœurs. Nous posons debout sur un muret, Dominique a posé la main derrière mon dos au cas où je basculerais.

Je reçois une photo de Lolo, torse nu dans un lit, trente ans. Une photo de nous deux assis côte à côte à ma communion ; il porte sa chemise saumon, celle qui lui donnait un teint infâme. Puis la photo que j'attendais, celle de Lolo déguisé en femme, maquillé par mes soins, ses lèvres fines et transparentes devenues fuchsia, le mascara rendant son regard de Polonais un peu plus intense. Je lui avais même tatoué un rond rouge indien entre les deux yeux. Pour satisfaire l'objectif, il m'offre une grimace.

Papy à vingt ans, veste en cuir. Avec ses gros yeux et ses cheveux noirs, il a l'allure d'un voyou. Quarante ans plus tard, une autre photo de papy, les cheveux blancs, en survêtement, un chien en laisse et moi petite à ses côtés, lors d'une promenade à l'étang. Nous sommes debout au bord de l'eau et je suis fascinée par les libellules. Nous y restons des heures entières, j'observe leurs ailes multicolores, leur bruit m'effraie autant qu'il m'hypnotise.

Me voilà avec un souvenir de chacun d'entre eux. La douceur, le rire, la protection, le silence ou la patience.

Je fais défiler les photos une à une. Le mot instantané prend tout son sens, les clichés n'ont aucune temporalité. N'y apparaissent que les sourires de maman et moi auprès d'un homme, puis d'un autre. Et qu'importe si nous avons passé une seconde ou des années auprès d'eux, puisque ces moments trahissent notre bonheur de les avoir connus.

Je me tourne vers Sandro. Assis sur les galets d'une plage niçoise, il tient une cigarette entre le majeur et son pouce en observant la mer. Il remarque mon sourire, me tend un verre de Prosecco puis se lève pour changer l'orientation du parasol. J'observe une vague qui enfle à quelques mètres du rivage, qui roule puis vient mourir doucement sur le bord. Je pense que notre amour est cette vague, mon obsession disparaîtra aussi vite qu'elle est apparue, demain peut-être, alors je colle mon visage contre le sien et je capture l'eau, le sable et nos sourires, de ce moment que j'ai tant attendu et qui n'adviendra plus. Je recadre l'image, j'ajoute un peu de lumière. Satisfaite, j'envoie la photo à ma mère.

NORD COMPO
multimédia

Composition et mise en pages
Nord Compo à Villeneuve-d'Ascq

CET OUVRAGE
A ÉTÉ ACHEVÉ D'IMPRIMER
SUR ROTO-PAGE
PAR L'IMPRIMERIE FLOCH
À MAYENNE EN MARS 2022

N° d'édition : L.01ELJN001037.N001. N° d'impression : 100189
Dépôt légal : avril 2022
Imprimé en France

Végétarienne

[illegible]

Migraines

Rétentions